AF450095

Bilkis Saba

LE SFUMATURE DELLA LUNA

Koi Press

Bilkis Saba
Le sfumature della luna
© Koi Press

Koi Press è un marchio editoriale di Openmind Srls
Via Volta 72, 20013 - Magenta (MI)
www.koipress.it/ebook/

ISBN 978-8898313723

Progetto grafico: Koi Press
Foto di copertina: Pexels.com

*Anche sulla luna ci sono
delle macchie nere.*

Proverbio bengalese

L'innocenza

1

I raggi del sole si riflettevano sulla superficie delle pozzanghere oleose nei vicoli di Karwan Bazar. Le lamiere ondulate si estendevano a dismisura fino ai padiglioni del mercato da un lato, e ai nuovi palazzi in costruzione dall'altro.

Il gigantesco *basti*[1] era tagliato a metà dai binari della ferrovia. Intorno a essi baracche fatiscenti alternate a qualche costruzione in cemento senza intonaco.

Strade sterrate devastate dalle buche, pozzanghere e fango ovunque, detriti e immondizia, voragini e mucchi di terra. Nessun esercizio commerciale riconoscibile a occhio nudo, solo dei rivenditori di verdura e di *roti*[2] seduti a terra con davanti la loro triste mercanzia stesa su *lungi*[3] lerci e scoloriti. Panni stesi, matasse nere di fili elettrici di ogni tipo che pendevano basse dal cielo.

Kazi e Aniza si muovevano rapidi nei vicoli stretti e sporchi che correvano tra le case composte assemblando bambù, sacchi di iuta e pannelli di polietilene. Oltrepassarono la vasta area delle

---

1   Baraccopoli
2   Focaccia di farina integrale
3   Sorta di pareo lungo fino ai piedi

fogne a cielo aperto, si fecero largo tra i nugoli di bambini scalzi che si divertivano ad aggrapparsi dietro ai *rickshaw*[4] nelle strade terrose del *basti*.

Kazi e Aniza avevano entrambi dodici anni. Erano amici del cuore.

Kazi e Aniza stavano sempre insieme.

Kazi, un'espressione furba e matura, nonostante la sua giovane età, teneva per mano l'amica e la guidava sicuro in quel caos di persone che affollava le strade, tra i rumori e i suoni dei clacson che trafiggevano prepotentemente l'aria densa di Karwan Bazar.

Aniza, il collo lungo e gli occhi luminosi, si faceva condurre docile da lui. Si fidava ciecamente del compagno. Con Kazi si sentiva protetta, era il suo porto sicuro. Dolce e sincero, l'esatto opposto di suo padre, sua madre e i suoi sei fratelli maggiori, con cui condivideva la misera stanza.

I due si stavano recando a comprare cerate di plastica al mercato per il padre di Kazi. La stagione dei monsoni non si era ancora conclusa e c'era il timore, tra gli abitanti del *basti*, che l'area potesse di nuovo essere sommersa dall'acqua. L'anno precedente molte baracche erano state trascinate via dalla piena degli acquitrini di New Eskaton. Finora le piogge erano state clementi ma non si poteva mai sapere.

Arrivarono all'entrata del mercato. Sui lati del-

---

4 Risciò

la strada era pieno di gente che aveva fatto dei fuochi improvvisati alimentati utilizzando dello sterco essiccato di mucca. La terribile miscela di fumo e fetore che sprigionavano rendeva difficile la respirazione. Kazi si tolse dal capo il suo *gamcha*[5] e lo diede ad Aniza per coprirsi il naso e la bocca.

— Puzza più di quei falò — disse Aniza.

— Lo usa mio padre in cantiere... sai, per il sudore — borbottò Kazi, a disagio. — E poi cosa vorresti dire, che *baba*[6] puzza?

— Non ho detto niente, solo che il tuo *gamcha* fa cattivo odore. — Aniza scoppiò a ridere. — Vieni, stupido, ti sto prendendo in giro.

I due si diressero verso un commerciante che vendeva teli di plastica, pezzi di lamiera ondulata, copertoni. Kazi estrasse dalla tasca dei pantaloncini laceri un rotolo di *taka*[7]:

— So che ti sei già accordato con mio padre, Mushfiqur Rahim, il muratore. Questi sono i soldi. Voglio una cerata senza buchi e ne voglio una anche per lei.

Il commerciante sputò a terra un miscuglio triturato di *paan*[8]:

— Con Mushfiqur sono d'accordo per una sola

---

5   Pezza di cotone
6   Papà
7   Valuta ufficiale del Bangladesh
8   Foglia di *betel* arrotolata intorno a una mistura di calce, noce di areca, spezie e tabacco. Produce ebrezza e secrezione salivare.

cerata. Se ne vuoi due devi darmi più soldi.

Kazi mise la mano nell'altra tasca:

— Tieni.

Il commerciante contò i soldi masticando il *paan* che ancora teneva in bocca. Si allontanò stancamente e ritornò dopo qualche minuto con due cerate trasparenti.

— Sono senza buchi?

— Ragazzino, prendi questi teli e sloggia.

Kazi arraffò le due pesanti cerate, si girò e si incamminò da dove era arrivato.

Aniza lo guardava in silenzio. Immobile.

— Tu non vieni?

Lo seguì, con lo sguardo basso:

— Perché lo hai fatto?

— Cosa?

— Di comprare anche per la mia famiglia una cerata per la pioggia.

Kazi parve stupito:

— Come perché? Siamo amici tu e io, no?

Aniza si asciugò una lacrima con un dito:

— Mio *abba*[9] non lo avrebbe mai fatto. Lui i soldi li usa per prendere la *yaba*[10] e sballarsi.

Kazi prese l'amica per mano, le enormi cerate ripiegate sulle spalle:

— Non mi importa quello che fa o non fa tuo padre. A me importa che tu rimanga asciutta quando piove.

---

9   Padre
10 Metanfetamina

— E dove li hai trovati quei soldi?

Kazi sorrise, mostrando denti piccoli e bianchi:

— Se prometti di non arrabbiarti te lo dico: ho fatto un lavoretto per Danny e Arnold.

2

Danny e Arnold erano quelli che nel *basti* di Karwan Bazar detenevano il potere. Traffico di armi, di *yaba* e di altre metanfetamine, riciclo di denaro, vendita di medicinali, racket sulle bancarelle degli ambulanti, reclutamento di giovanissime prostitute per il bordello di Paradise City, una baraccopoli nella baraccopoli che sorgeva a nord della vasta area di lamiere e bambù.

Ai loro ordini lavoravano una ventina di promettenti malavitosi della zona, oltre a una gigantesca manovalanza di bambini di strada iniziati al mondo della criminalità attraverso l'abuso di droga.

Danny e Arnold utilizzavano i bambini di Karwan Bazar per lo spaccio, le attività di sorveglianza durante le azioni delittuose, nelle rapine e nel traffico di esseri umani, a volte ma più di rado, anche nelle violenze politiche commissionate da qualche prezzolato uomo d'affari che elargiva sostanziose somme di denaro perché i comizi dei suoi rivali venissero interrotti da folle inferocite armate di bastoni e bottiglie incendiarie.

Con i bambini di strada non c'era nessun pericolo di incriminazione. Quando venivano arrestati bastava pagare una tangente alle forze dell'ordine e dare un domicilio falso. Nessuno veniva più ritrovato in quegli infiniti dedali di miseria. Del resto nessun poliziotto ci aveva mai provato realmente.

I veri nomi di Danny e Arnold erano Deen Malek e Abul Banu, ma molti anni prima, quando in un appartamento di amici a Elenbari avevano visto, in VHS, *Twins*, con Danny DeVito e Arnold Schwarzenegger, avevano deciso di usare quei soprannomi. Non erano gemelli e non erano parenti, ma insieme avevano scalato le classifiche della delinquenza cittadina fino a diventare delle vere e proprie celebrità. Vivevano nella stessa casa, un loft con vista sul *basti* dall'altra parte degli acquitrini di New Eskaton, al sicuro dalle inondazioni stagionali, si dividevano donne e ricchezza e assomigliavano terribilmente ai due attori americani da cui avevano preso il soprannome: Deen Malek era piccolo, rotondo come una botte, stempiato, con un viso da luna piena traforato da due occhietti color nocciola appena visibili. Era più vecchio di almeno quindici anni di Abul Banu, corpo alto, massiccio e muscoloso, la mascella marcata, e occhi freddi, d'acciaio.

Kazi, come tutti nel *basti*, conosceva i due padrini del crimine, ma ne era sempre stato alla larga. Suo padre lo aveva avvertito più volte: "Non lasciarti abbindolare da quegli individui, figlio, diffida dai facili guadagni". Mushfiqur Rahim era un uomo onesto, lavorava come un mulo

nella costruzione dei palazzi moderni che gettavano un'ombra sugli assolati spiazzi di Karwan
Bazar. Quando poteva, portava con sé in cantiere,
Kazi. Questo non capitava troppo spesso e il ragazzino dava una mano in casa facendosi assumere a cottimo dai commercianti del mercato per
scaricare le merci o andare a prendere il *chai*[11].
Non era mai andato a scuola e tutto quello che
sapeva lo aveva imparato dalla strada e dal contatto continuo con quel mondo di miseria. Il lavoretto che aveva svolto per Danny e Arnold era arrivato per caso. Camminava dalle parti del bar
dove i due si ritrovavano tutti i giorni con i loro
sottoposti e Danny, vedendolo, lo aveva chiamato.
Kazi, sguardo alto e sicuro si era avvicinato.

— Hai la faccia sveglia, ragazzino. Posso fidarmi di te?

Kazi non aveva risposto. Osservava le ghigne
inebetite dal *paan* degli scagnozzi alle spalle di
Danny.

— Non hai la lingua?

— Ce l'ho per le persone importanti.

Danny aveva riso, mostrando denti rossi macchiati dal *betel*[12]:

— Beh, ragazzino, se non sei uno stupido dovresti sapere che qui io sono il re delle persone
importanti. Le voci mi dicono che sei il figlio di
Mushfiqur Rahim. Non guardarmi così, io cono-

---

11   tè
12   Nome di una pianta rampicante di India e Malesia.

sco tutti a Karwan Bazar. Come credi che trovino lavoro tuo *abba* e gli altri manovali nei cantieri? Esatto, grazie a me e al mio socio. Si chiamano tangenti: noi facciamo lavorare la gente del *basti* a prezzo ridotto e ci prendiamo una percentuale dai costruttori. Ma questi sono argomenti difficili per un tipo della tua età.

— Ho dodici anni.

Danny aveva ridacchiato compiaciuto:

— Insomma, sei abbastanza grande per un compito ben pagato. Vuoi aiutare tuo *abba* a portare a casa qualcosa da mangiare, sì?

Prima che Kazi potesse rispondere Arnold si era avvicinato. Lo studiava dall'alto in basso con un'espressione fredda e indifferente. Gli allungò un sacchetto di carta giallo:

— Prendilo.

Kazi, in modo automatico, lo aveva fatto. Il sacchetto pesava.

— Tu non sai cosa c'è lì dentro e non lo vuoi sapere — aveva proseguito Arnold, la sua voce, come il suo volto, non trasmetteva nessuna emozione. — Adesso devi andare allo City Shopping, sai dov'è? È quel palazzo di vetro dall'altra parte di Garden Road. Al piano terra ti aspetta un uomo. Sarà lui a riconoscerti per via del sacchetto. Tu glielo darai, tornerai qui e noi ti pagheremo.

Kazi non avrebbe saputo spiegare perché avesse accettato. Aveva camminato come in trance per i vicoli del *basti*, era uscito dalla baraccopoli ed era entrato nel nuovo quartiere finanziario. Davanti al gigantesco City Shopping un uomo anonimo, vestito con un *dothi*[13] tradizionale, si era alzato dai gradini dove si stava fumando un *bidi*[14], gli aveva preso dalle mani il sacchetto di carta, era salito su un *rickshaw* che stazionava nel piazzale e con questo si era allontanato.

Quando Kazi era tornato al bar da Danny e Arnold, aveva ricevuto da quest'ultimo un rotolo di *taka*.

— Bravo ragazzino, ora vai — aveva detto Danny. — Mi piaci, può essere che in futuro avremo ancora bisogno di te.

Kazi era tornato a casa con i soldi. Alla sera, quando suo padre era rincasato, stanco e sporco dopo la lunga giornata di lavoro, non aveva avuto il coraggio di guardarlo in faccia e di dirgli nulla.

---

13   Abito tradizionale maschile
14   Sigaretta indiana aromatica

3

Kazi stava spiegando ad Aniza la sua avventura con Danny e Arnold. Avevano appoggiato le cerate a terra e se ne stavano su un muretto a osservare il formicaio di persone che si muoveva a ridosso dei binari della ferrovia che attraversavano il *basti*.

— Sei uno stupido. Pensavo fossi mio amico.

— Sono tuo amico.

— No, non è vero. Lo sai da chi compra la *yaba* mio padre? Da quei mocciosi strafatti che lavorano per Danny e Arnold. E adesso ci lavori anche tu, per loro.

— Ho solo fatto una commissione. E con quel denaro ti ho comprato una cerata per la pioggia.

Aniza si alzò di scatto, prese il pesante telo e lo gettò contro le gambe di Kazi:

— E allora tientelo! — Si avviò a passo deciso verso casa.

Kazi raccolse le due cerate e le corse dietro:

— Aspetta, Aniza. Fermati! — La raggiunse e la prese per un braccio.

Aniza lo guardò, fremente di rabbia, gli occhi liquidi e luccicanti.

— Lo so, sono uno stupido ma volevo aiutarti. Ancora le piogge non sono state forti, ma guarda il cielo, se dovessero aumentare, tu e la tua famiglia vi trovereste nei pasticci, dovete coprire le infiltrazioni del tetto. Io voglio solo essere utile e se tuo *abba* e i tuoi fratelli preferiscono prendere la *yaba* invece di accudirti, ci penserò io a te. — Kazi la condusse di nuovo al muretto che sovrastava i binari. Si sedettero in silenzio.

Intere famiglie erano accampate sopra a stracci usati come protezione dal terreno.

In mezzo ai corpi scorrazzavano tranquillamente centinaia di topi.

— È quasi impossibile raggiungere l'altro lato del quartiere senza rischiare di schiacciare o di inciampare, in qualcuno sdraiato per terra — disse Aniza.

— Ti ricordi quando giocavamo a *carrom*[15] a casa mia?

— Certo. Vincevo sempre io. Tu eri una schiappa a centrare le biglie.

— L'unico spazio era sul letto, che del resto occupa la maggior parte della casa. E mia madre si arrabbiava perché ci aveva sempre tra i piedi. Mi piaceva anche far volare gli aquiloni ma potevo farlo solo qui, lungo la linea ferroviaria, ed è molto pericoloso.

— Cosa vuoi dirmi, Kazi?

— Che mi mancano quei tempi.

— Sono passati pochi anni.

---

15   Gioco tipico dell'India e del Bangladesh chiamato anche biliardo con le dita.

— Abbastanza per rendermi conto che non si può più giocare.

— E allora?

— Allora niente. Sono stufo di questo posto.

Aniza sospirò:

— Tutti sono stanchi di questo posto. E poi non dovresti lamentarti: i tuoi genitori sono brave persone. Guarda la mia famiglia: mia madre è invalida, mio padre e i miei fratelli pensano solo alla droga.

— Un giorno ti porterò via. Andremo a vivere in un quartiere pulito, guarderemo la televisione abbuffandoci di *samosa*[16] e *chot-putti*[17] e ti comprerò dei bei vestiti.

Aniza si mise a piangere.

— Cosa ho detto?

— Niente.

— Non farmi preoccupare. Perché piangi?

— Mio padre. L'ho sentito che parlava con mio fratello Mussa. Stanno pensando di darmi a Rehnuma, la madama che gestisce quella casa a Paradise City...

— Che cosa?

— Secondo loro ho l'età giusta.

Kazi si sentì raggelare il sangue. Strinse forte i pugni:

— Se faranno una cosa del genere io li ucciderò.

---

16 Fagotto fritto di pasta ripieno di verdure speziate o carne.
17 Pietanza a base di ceci e salsa di tamarindo.

Aniza stava per ribattere qualcosa quando un topo cadde dal tendone sopra le loro teste e si mise a passeggiare sulla pancia di Kazi che emise uno strillo acuto. Lei si piegò in due dalle risate:

— Come sei coraggioso, mio eroe.

Kazi diede una manata che fece volare a terra il roditore:

— Quello stupido topo mi ha spaventato. — Prese le mani dell'amica. — E comunque non scherzo: se dovessero venderti a quella schifosa madama io li ammazzo tutti e ti porto via da qui. Tu sei una principessa e meriti il meglio.

Aniza sorrise, si alzò in piedi, raccolse la cerata e si allungò a baciare sulla guancia Kazi:

— Grazie di tutto. Sei il migliore amico del mondo.

Kazi la guardò scomparire nella moltitudine di uomini, carretti e *rickshaw*.

4

La stagione dei monsoni, o la stagione umida, come la chiamavano i cittadini di Dhaka, non aveva ancora raggiunto il suo apice. C'erano state le piogge, improvvise, violente, e poi era tornato il sole. La fanghiglia che ricopriva le strade e i vicoli di Karwan Bazar aumentava, ma ancora si potevano percorrere a piedi quasi tutte le arterie che tagliavano il *basti*.

In città c'era stato un omicidio, un uomo d'affari, vicino a uno dei maggiori partiti dell'opposizione, era stato avvicinato da un estraneo vestito con un *dothi* tradizionale e un *bidi* fumante serrato tra i denti che gli aveva esploso tre colpi di pistola nello stomaco. L'estraneo si era poi allontanato a bordo di un *rickshaw* e si era vaporizzato tra la folla della capitale bengalése.

Se Kazi avesse saputo leggere i giornali forse avrebbe ricollegato l'episodio al lavoretto che aveva svolto per Danny e Arnold, ma in quei giorni era comunque troppo occupato a tenere lontana Aniza dalla sua famiglia. Da quando lei gli aveva rivelato che il padre e i fratelli volevano venderla a Rehnuma, la madama che gestiva uno dei bordelli di Paradise City, se la portava ovunque. Andava a prenderla davanti alla sua baracca alla mattina presto e la riportava a casa solo alla sera, per poi rimanersene nei paraggi, al buio, fino a quando gli occhi non gli si chiudevano ed era costretto a rincasare.

Suo padre, Mushfiqur Rahim, vedendo che il figlio tornava sempre molto tardi gli chiese cosa stesse succedendo, preoccupato che si fosse infilato in qualche guaio. Kazi fu sincero, gli disse tutto. L'unica risposta di Mushfiqur, quasi sussurrata, fu un "Non puoi da solo vincere tutte le cattiverie del mondo. Se Dio lo vorrà andrà tutto bene".

A Kazi quella risposta non aveva soddisfatto. Aveva guardato il genitore allontanarsi verso il cantiere e si era ripromesso che se le cose fossero andate nel verso sbagliato lui avrebbe combattuto per poter offrire ad Aniza un futuro roseo.

La situazione era stazionaria. Kazi aveva notato che il padre e i fratelli dell'amica non erano quasi mai nella baracca, e le poche volte che c'erano, erano talmente sballati di *yaba* che non sarebbero riusciti a fare un passo. Nella minuscola e precaria abitazione rimaneva sempre e solo la madre, paralizzata dalla vita in giù, che Aniza aiutava come poteva portandole l'acqua e qualcosa da mangiare.

Kazi aveva notato un'altra cosa, di cui andava

molto fiero: la cerata che aveva regalato ad Aniza ricopriva interamente il tetto della baracca e sembrava reggere efficacemente alle piogge.

Ora i due amici camminavano in direzione del mercato. Si tenevano per mano e sorridevano all'inaspettato sole che brillava tra le lamiere e i tendoni delle case.

Davanti ai binari della ferrovia incrociarono la banda dei quattro, come veniva chiamata nel *basti*. Si trattava di quattro fratellini mendicanti. La più grande, una ragazzina di dieci anni, teneva il più piccolo, un neonato piangente, tra le braccia; gli altri due, una coppia di gemelli di sette anni, le ciondolavano intorno. Uno era cieco, sdentato e si reggeva su stampelle artigianali, l'altro era senza braccia e saltellava eccitato. Avevano circondato un mototaxi bloccato al passaggio a livello e ripetevano al conducente la loro nenia:

— Un *taka*, ti prego *bhai*[18]. Un *taka*, ti prego *bhai*. Un *taka*, ti prego *bhai*...

Lo *scooter walla*[19], esasperato, cercava di allontanarli con la mano ma i quattro non si arrendevano:

— Un *taka*, ti prego *bhai*. Un *taka*, ti prego *bhai*. Un *taka*, ti prego *bhai*...

Kazi e Aniza si gustarono in silenzio la scena. L'autista aveva una faccia buffa. Sembrava incapace di prendere una decisione e la sbarra del

---

18   Fratello
19   Guidatore di scooter

passaggio a livello sembrava non volersi alzare.

— Guarda — disse Aniza. — Arriva Hassan.

Un uomo giovane e magro, con indosso un *kamiz*[20] bianco, immacolato, si stava avvicinando con passo deciso verso i piccoli mendicanti. Calzava alti stivali di gomma gialla che lasciavano scorgere appena i pantaloni di lino bianco. Era un bel ragazzo dai lineamenti fini e aristocratici, quasi femminili, gli occhi azzurri, le labbra rosse che delineavano una bocca dai contorni delicati. Lunghi capelli, d'un nero petrolio, gli sfuggivano sotto il *kofi*[21] ricamato, cadendogli a ondate, sulle spalle. Anche la statura era elegante, alta, slanciata, flessuosa, pur essendo robusta e con una solida muscolatura.

L'uomo diede in mano alla bambina delle banconote e le sussurrò qualcosa all'orecchio. Lei abbassò il capo e si allontanò nella fanghiglia, seguita dai fratelli. Lo *scooter walla* ringraziò cerimoniosamente lo sconosciuto per averlo liberato da quei mocciosi, ma questi si era già voltato e incamminato verso l'entrata meridionale del mercato.

— Cosa le avrà detto? — chiese Kazi grattandosi il naso.

— Le avrà detto che quello che stanno facendo è *haaram* e li avrà invitati alla moschea. Lo sai:

---

20 Casacca
21 Copricapo islamico

Hassan vuole salvarci tutti.

— Con l'aiuto di Dio.

Hassan era cresciuto nel *basti*. Era stato un piccolo delinquente orfano fino a quando, per puro caso, un imam della moschea di Projapoti Guha Road non lo aveva preso sotto la sua ala protettrice. Da allora Hassan si era dedicato allo studio del Corano e nel cercare di condurre sulla retta via i tanti bambini senza futuro che vivevano a Karwan Bazar. Per molto tempo era scomparso, come volatizzato, e le malelingue dicevano che era andato a combattere la *Jihād* da qualche parte, all'estero. Ma sembrava impossibile, vedendolo così calmo, tranquillo, con quel suo viso dolce e femmineo, pensare che potesse essere in grado di uccidere altre persone. Dovunque fosse andato, comunque, era tornato e aveva ripreso la sua opera di reclutamento pacifico tra i bambini abbandonati.

Kazi e Aniza proseguirono per la loro strada. Fecero il gioco dei sogni:

— Se io fossi ricco vorrei mangiare sempre *phuchka*[22] e suonare il *dhol*[23].

— Se io fossi ricca vorrei vivere sulla spiaggia di quella foto sul giornale e fare il bagno.

— Tu non sai nuotare.

— E tu non sai suonare il *dhol*.

---

22 Pallina di pasta fritta riempita con brodo di tamarindo e curry di ceci.

23 Tamburo

— È più facile imparare a suonare un tamburo che imparare a fare il bagno in un mare.

— Come fai a dirlo?

— Come vuoi... Se io fossi ricco vorrei dieci televisioni e cento paia di scarpe.

— Se io fossi ricca vorrei *kurta*[24] pulite tutti i giorni, e pavimenti ricoperti di fiori di gelsomino bianco.

— Se io fossi ricco...

— Ehi, ragazzino!

Kazi si voltò. Non si era reso conto di essere giunto davanti al bar dove stazionavano Danny e Arnold con i loro scagnozzi.

Danny, seduto a gambe larghe su una seggiola davanti al locale, con una mano gli faceva segno di avvicinarsi:

— Avanti, *bhai*, vieni qui, non mi riconosci? — Alle spalle di Danny, stravaccati su una panchina di legno, vi erano Arnold e due individui in abito scuro e occhiali da sole. — Parlo con te, sei diventato un *bhithu*[25], o cosa?

— Non andare, Kazi — mormorò Aniza.

Lui, sempre tenendole la mano, si avvicinò:

— Io non sono un fifone. Cosa vuoi?

Danny sorrise. La sua faccia da luna piena traforata dai vispi occhietti si gonfiò, poi sputò a terra un bolo rosso di *paan*:

— È proprio carina la tua amichetta.

---

24 Tunica
25 Fifone

Aniza si nascose dietro a Kazi.

— Lasciala stare, sennò dovrai vedertela con me.

Uno degli uomini vestiti di nero ridacchiò. Aveva una lunga barba arruffata e rossastra e un naso rosso da vero bevitore di *keru*[26] e altri torcibudella a buon mercato.

— Fatti vedere, *bon*[27]. Sei così graziosa — proseguì Danny. — Tuo padre e tuo fratello mi hanno parlato di te. Poveretti, non sanno più come pagare la *yaba*.

— Ti ho detto di lasciarla stare — ringhiò Kazi.

Danny non sembrò per nulla intimorito:

— Hanno blaterato qualcosa riguardo a Madama Rehnuma: sono due poveri scemi con il cervello spappolato ma hanno delle idee geniali, a volte. Ho proposto a tuo padre un affare che ti riguarda e...

Kazi con un balzo si gettò addosso a Danny. Caddero entrambi a terra. Kazi colpiva con i suoi piccoli pugni la faccia dell'uomo, poi sentì che l'aria gli mancava. Si trovò sospeso in aria: Arnold gli stringeva il collo con una sola mano. Con l'altra lo schiaffeggiò un paio di volte, infine lo gettò nel fango.

Danny si era rialzato. Si massaggiava le mascelle. Si chinò davanti a Kazi:

---

26 Liquore economico
27 Sorella

— Ascoltami, piccolo *chutiya*[28], per questa volta lascerò correre. Se dovesse ricapitare puoi dire addio a *baba* e alla tua amichetta. — Si voltò verso Aniza e le accarezzò i capelli. — Sei bella come una regina, *bon*. Sì, mi sa che tu e io ci rivedremo presto. — Si alzò, si spolverò i vestiti e sorrise. — E ora andatevene, tutti e due. Sono io, qui, quello che decide quando è il momento dello spettacolo pubblico. *Khodafez*[29]!

---

28 Stupido
29 Arrivederci

5

Era una notte splendida, una notte dolce e serena. Il cielo aveva una tonalità sulfurea. La luna, appena sorta, si rifletteva con mille tremolii d'argento sulle pozzanghere del *basti* e le stelle all'orizzonte parevano lasciassero cadere dietro i profili delle baracche lunghi getti d'oro fuso.

Una fresca brezza, carica dei nefasti odori dei vicoli di Karwan Bazar, soffiava a intervalli da sud.

Gli alti palazzi in costruzione di Garden Road si delineavano nettamente nel cielo, proiettando ombre gigantesche sul *basti*.

Kazi era seduto su un sasso davanti alla baracca di Aniza. La sentiva che chiacchierava con la madre mentre la imboccava. Erano sole.

Kazi, dopo lo scontro avuto in mattinata con Danny e Arnold era rimasto in silenzio. Umiliato da quei due farabutti, consapevole che se qualcuno avesse voluto fare del male ad Aniza ci sarebbe riuscito, perché lui non era in grado di difenderla.

L'unica cosa che le aveva detto, prima di riaccompagnarla a casa era stata:

— Qualsiasi cosa dovesse accadere, io ci proverò e non ti lascerò sola.

Lei lo aveva baciato sulla guancia ed era entrata.

Un rumore lo fece sussultare. Un'ombra si delineò in fondo al vicolo, rischiarata dai fasci di luce azzurra che la luna proiettava. Era un uomo, camminava barcollando.

Quando gli fu accanto Kazi lo riconobbe: era il padre di Aniza. Le dita magre e nervose delle sue mani ciondolavano tremanti, le braccia abbandonate lungo i fianchi. Dalla sua bocca uscivano suoni aspri e selvaggi, parole incomprensibili. Il suo viso aveva contrazioni feroci, i suoi occhi mandavano bagliori fosforescenti. Kazi, solo per un istante, ebbe pietà di lui e della sua dipendenza dalla *yaba*, poi il disgusto e l'odio ripresero possesso della sua anima:

— Ricordati che se capita qualcosa ad Aniza, io ti uccido.

L'uomo sussultò. Tutto il suo corpo fremeva. Le sue labbra si aprirono come se dal suo petto dovesse irrompere un grido rabbioso, ma quello che sgorgò fu un nuovo esile suono animale. Forse non aveva nemmeno visto Kazi, lì, seduto a terra. Forse la sua era stata la reazione di spavento della bestia braccata da se stessa e dalle proprie paranoie. I nervi definitivamente a pezzi.

Con fatica riuscì ad aprire la porta.

Con fatica se la richiuse alle spalle.

Kazi rimase in ascolto. Silenzio, tanto silenzio.

Per l'ennesima notte si addormentò seduto sul sasso davanti alla baracca di Aniza.

6

Pioveva ininterrottamente da sei giorni. I vicoli e le strade di Karwan Bazar erano un fiume di traffico caotico, con lo stridore perenne dei clacson che lacerava l'aria. Mototaxi, *rickshaw* e biciclette assemblate con pezzi di riciclo si muovevano nella fanghiglia.

La pioggia torrenziale era una tragedia per i venditori ambulanti da marciapiede ma i più attivi continuavano, nonostante tutto, a lavorare.

Kazi, saltellando di qua e di là, stava portando ad Aniza e a sua madre una scodella di curry di ceci e dei *roti*. Aveva coperto le pietanze con un foglio di cellophane trovato in casa.

Passò davanti a ragazzini magri, seduti sopra a tappeti laceri, intenti a proteggere, come meglio potevano, la propria mercanzia: banane, accendini, spazzolini per i denti, biglietti dell'autobus. Si fermò qualche istante a contemplare un venditore di cetrioli che aveva collocato, su un piatto della sua bilancia arrugginita, una bottiglietta di plastica della Coca-Cola piena d'acqua che faceva da contrappeso alle verdure.

La pioggia è un vero disastro, pensò Kazi, rende il marciapiede inutilizzabile, troppa gente se piove non può mangiare, tutti lì con il fiato sospeso perché un giorno di pioggia in più può voler dire la baracca che crolla e si sfascia.

Attraversò un vicolo angusto dove brulicavano i mendicanti, un dispiegamento di forme di miseria tra i peggiori del *basti*. I miserabili erano seduti direttamente nelle pozzanghere esibendo e mormorando, con voci atone, la propria afflizione. Kazi inciampò in una donna che teneva in grembo un bambino dalla testa enorme che guardava fisso davanti a sé. Altri esserini scheletrici pendevano nudi dal collo delle loro madri, le quali cercavano di toccare i pochi passanti frettolosi per attirare l'attenzione. Un povero sciancato, dal corpo piegato in due, saltellava sul posto nel tentativo di afferrare le gambe di Kazi per chiedere l'elemosina:

— Un *taka*, ti prego *bhai*...

Rattrappiti, mutilati, storpi, ciechi, zoppi, sordi, muti, fango, paura: Kazi conviveva tutti i giorni, da quando era nato, con tutto ciò ma sentiva, dentro se stesso, che esisteva qualcosa d'altro, di bello, pulito. Era come il gioco dei sogni che faceva con Aniza. Volere tutto quello che aveva visto bighellonando ai confini del *basti*, o sulle foto dei giornali che ogni tanto raccoglieva in giro: donne eleganti, banchetti infiniti, case linde, televisioni, eroi pronti a sacrificarsi per la dignità e i propri cari... Aniza, sì, doveva proteggerla. Accelerò il passo.

Di fronte alla baracca dell'amica il meccanico

stava aggiustando, al riparo di una lamiera, la gomma bucata di una bicicletta. Poco più in là il ciabattino sistemava un sandalo e, il barbiere, seduto su una seggiola di legno, osservava la pioggia cadere dal cielo livido.

La porta della baracca di Aniza era aperta.

Il cuore di Kazi iniziò a battere in modo spasmodico.

Nell'ambiente angusto c'era solo la madre, sdraiata su una stuoia.

— Buongiorno, *khala*[30], dov'è Aniza?

L'invalida non rispose. Guardava, impassibile, il soffitto.

— Dov'è Aniza? — ripeté Kazi.

— Lui ha fatto venire qui quegli uomini.

A Kazi cadde dalle mani la scodella con il cibo. I ceci e il pane si spiacciarono sul pavimento di terra battuta:

— Non è possibile...

— Tutto è possibile, figlio.

— Quando?

— Poco fa — La donna volse il capo nella sua direzione, i suoi occhi erano asciutti e spenti. — Mi hai portato qualcosa da mangiare, sì?

Kazi non rispose, uscì dalla baracca e si avvicinò al barbiere:

— Chi ha portato via Aniza?

— Sono cose che non ti riguardano, *bhai*. Tu

---

30 Zia

sei un bravo ragazzo e quella è gente pericolosa.

— Ti ho chiesto chi. Per favore...

L'uomo scosse la testa:

— Quel *pagla*[31] di Arnold, era con due suoi uomini. C'era anche il padre di Aniza. Per il servizio gli hanno dato dei *puriah*[32], qui, davanti ai miei occhi. Quel *khor*[33] fottuto ha venduto la figlia per qualche involucro di eroina...

— In che direzione sono andati?

— Lascia perdere, *bhai*.

— In che direzione?

— Sei proprio un ragazzino testardo. Di là, verso il mercato.

Kazi schizzò via, di corsa, mentre la pioggia torrenziale si trasformava in un'autentica orgia d'acqua.

---

31 Pazzo
32 Involucro di stagnola in cui viene riposta l'eroina.
33 Drogato

7

I precari tetti di lamiera delle baracche del *basti*, spazzati e tormentati senza posa dalle raffiche di pioggia che aumentavano di violenza, ondulavano pericolosamente. Il vento sollevava ciotole, catinelle, bottiglie di plastica abbandonate nelle strade, scaraventava i pochi passanti contro i muri delle case o li gettava a terra, dentro a pozzanghere sempre più profonde.

L'orrore del buio era calato nel bel mezzo del giorno. Il cielo era nero. Catastrofico.

Kazi avanzò a fatica verso il mercato. Tremava dalla rabbia. Non era stato in grado di proteggere Aniza. Se l'erano portata via, ma l'avrebbe liberata. A costo di rimetterci la propria vita.

Attraversò la parte coperta del gigantesco mercato dove centinaia di persone, commercianti e clienti, cercavano rifugio dal diluvio. Si fece largo tra imprecazioni e spintoni.

Giunse davanti al bar. Danny e Arnold erano all'interno. Li intravedeva attraverso la vetrata sporca. Ridevano, in compagnia di diversi loro scagnozzi. Di Aniza nessuna traccia. Strinse i pugni. Si decise a entrare per fargliela pagare, ma un rumore intenso lo fece voltare di colpo. Un lampo abbagliante aveva spaccato in due la mostruosa massa di vapori densi e gravidi di pioggia, mentre un improvviso colpo di vento, d'una impetuosità straordinaria, aveva divelto alcune baracche e fatto schizzare in aria lamiere e assi di legno.

Kazi vide Danny e Arnold uscire in fretta dal bar e dirigersi verso sud. Corse loro dietro. Quando li raggiunse azzardò il tutto per tutto: spiccò un salto e si aggrappò alla schiena di Arnold, provò a mordergli l'orecchio sinistro ma l'uomo fu lesto e con un unico, preciso e potente movimento colpì violentemente con un pugno Kazi sulla tempia. Quando questi ricadde a terra, inerme nel fango, Arnold gli sferrò un calcio in faccia.

— Vattene, *bhai*, non è la tua giornata — disse Danny, sogghignando.

Quando Kazi riuscì ad alzarsi, intorno a lui mille fragori paurosi percorrevano le strade del *basti*. Muggiti, urla e fischi del vento, scrosci di folgore. Il rumore era talmente intenso che dovette tapparsi le orecchie con le mani. Iniziò a piangere. La bocca e il naso sanguinanti. Larghe gocce d'acqua cadevano con un crepitio sinistro sulla sua testa. Lampi abbaglianti solcavano le nubi nere.

— Via! Via! Scappate! — Un uomo lacero e

sporco di fango passò correndo.

Kazi, barcollando, si alzò in piedi. Intravide, oltre la coltre di pioggia, una montagna liquida e marrone avanzare verso di lui. Canne di bambù, sacchi di iuta e pannelli di polietilene emergevano dalla massa putrescente. L'acqua accumulata nello stagno e negli acquitrini di New Eskaton era esondata e nulla poteva fermare la sua avanzata.

Kazi si mise a correre verso lo spiazzo dove passavano i binari della ferrovia, l'unica area del *basti* al sicuro dai danni di un'inondazione.

Il bagliore dei lampi dava alla superficie delle pozzanghere delle tinte livide, cadaveriche. La strada era intasata da una folla di mezzi di tutti i tipi: mototaxi, *rickshaw*, biciclette, carretti spinti a mano. Una fiumana di gente, pazza di terrore, con i visi pallidi e gli occhi stralunati, si scagliava come un uragano verso la ferrovia. I fuggiaschi si spingevano l'un l'altro, urlando, si rovesciavano, si calpestavano, si rialzavano e riprendevano la corsa. Grida spaventose rimbombavano sopra la cacofonia della pioggia e dei tuoni. Uomini, donne, ragazzine con neonati in braccio, storpi, negozianti, soldati, tutti scappavano incuranti dei propri vicini. Kazi vide una giovane donna travolta da quella marea umana che le passò sopra, un bimbo piangente, sfinito e abbandonato, scomparire tra quei corpi e rimanere steso al suolo, fracassato, infangato, insanguinato.

Kazi si gettò in un vicolo. Le porte delle baracche si chiudevano precipitosamente con fracasso. I mercanti abbassavano le griglie di ferro che proteggevano le loro misere botteghe. I venditori da marciapiede lasciavano a terra i loro teli cercando la salvezza, lontano, senza più occuparsi delle loro ceste ripiene di frutta, gettavano all'aria le proprie casse e si precipitavano verso le poche case a più piani. I *rickshaw walla*[34], senza badare se le ruote dei loro mezzi urtavano qualche disgraziato o se lo travolgevano, pedalavano come forsennati per allontanarsi il più possibile dal *basti*.

Kazi arrivò a casa. Suo padre e sua madre erano sulla porta.

— Che succede? — chiese quest'ultima.

— L'acqua del New Eskaton... l'acqua è venuta fuori...

— Qui siamo al sicuro — disse suo padre prendendolo per un braccio. — Qui non ci succederà niente.

Kazi iniziò a piangere.

— Che cos'hai, figlio? — domandò la madre, preoccupata. — Ti è successo qualcosa di brutto in strada?

— Aniza. Suo *abba* l'ha venduta. L'hanno portata da quella madama, a Paradise City.

— Kazi — disse suo padre. — Guardami.

Il ragazzo alzò gli occhi e si trovò davanti il

---

34 Guidatore di risciò

volto severo, ma onesto di Mushfiqur Rahim:

— Tu non puoi fare niente per lei, adesso. L'hai aiutata finché hai potuto. Tua madre ha cucinato per Aniza e la sua famiglia. L'abbiamo accudita come se fosse stata figlia nostra, ma non si può andare contro il destino. Ora vieni, andiamo dentro. La pioggia non durerà per sempre.

— La rivedrò ancora, *baba*? — chiese Kazi. La risposta di suo padre poteva essere l'unica speranza nel vortice di sentimenti ed emozioni che era il suo cuore. Un appiglio, da cui ripartire. Ma Mushfiqur si limitò a mettergli una mano sulla schiena e a condurlo delicatamente dentro la loro baracca asciutta.

8

Le operazioni di soccorso, autogestite dagli abitanti del *basti* continuarono senza tregua per alcuni giorni, nella speranza di estrarre qualcuno ancora in vita dalle macerie mescolate a montagne di fango e ai cavi dell'alta tensione. Particolarmente colpite dalla furia dell'acqua erano state le costruzioni in terra con il tetto in paglia, le quali in poche ore si erano letteralmente sciolte alla base, crollando al suolo.

Le piogge diedero una tregua. Il sole, cocente, tornò a splendere sulle miserie di Karwan Bazar, i mendicanti tornarono al loro posto, i venditori ambulanti a sedersi sui loro stracci laceri, nuove baracche di bambù e lamiera sorsero al posto di quelle spazzate via dalla furia dell'acqua.

Tutto tornava alla normalità.

Tutto tranne la vita di Kazi.

Per giorni e giorni andò in giro a chiedere informazioni su Aniza, ai vicini, ai conoscenti, ai venditori del mercato, ma non ebbe nessuna risposta. Appena accennava che con ogni probabilità era stata rinchiusa in qualche casa a Paradise City il suo interlocutore muoveva la testa in un gesto di diniego o scrollava le spalle come a dire: "È la vita, *bhai*, fattene una ragione".

Ma Kazi una ragione non voleva farsela. Si disprezzava con tutto se stesso per non essere riuscito a proteggerla. L'aveva persa. Era stata venduta da quel farabutto del padre e dei fratelli, anche loro scomparsi da giorni, probabilmente rintanati in qualche vicolo lercio a devastarsi di *yaba* e di eroina. Non riusciva a capacitarsi di come la dipendenza di quella droga potesse portare una famiglia a vendere una ragazzina di dodici anni. Una grande ingiustizia governava il mondo, quel piccolo mondo fatto di miseria e fango.

Andò a cercare Danny e Arnold al solito bar, ma i due e i loro uomini non c'erano mai. Probabilmente dopo l'inondazione avevano deciso di starsene all'asciutto nelle loro proprietà dall'altra parte degli acquitrini maleodoranti di New Eskaton, a guardare dall'alto quella tragedia che non apparteneva loro.

Fu dopo l'ennesimo e inutile tentativo di incontrare i due malviventi che Kazi si mise in testa di avventurarsi a Paradise City per liberare l'amica. Era colmo di rabbia. Con i pochi *taka* che possedeva comprò un coltello al mercato. Un coltello non molto grande, guardandolo attentamente ma utile, secondo lui, per intimorire chiunque gli si fosse parato davanti nel tentativo di impedirgli di salvare Aniza da quell'orribile sorte.

9

Paradise City era circondata da un muro. Era un quartiere con le proprie regole, un quartiere tollerato dalle autorità purché le attività che si consumavano al suo interno non sconfinassero. Nelle strette strade c'erano bancarelle di *muri*[35] e *phuchka*, negozi di *chai*, parrucchieri e venditori ambulanti di sapone, biscotti e lampadine. Una fitta rete di baracche di latta contornavano vicoli con fogne a cielo aperto nelle quali galleggiavano centinaia di preservativi, e dove bambini cenciosi giocavano all'ombra di santuari musulmani improvvisati.

Aniza era stata portata da Arnold e dai suoi uomini in una casa nel cuore del quartiere. Una casa dall'esterno angusto, in fondo a un vicolo misero. All'interno, in una stanza colorata in modo osceno, un rosso cremisi che infastidiva la vista, due neonati giocavano sul pavimento. In un angolo due ragazze poco più grandi di Aniza, sedute su un divano di pelle, ricamavano tovaglie e

---

35 Cibo venduto per strada a base di riso soffiato

centrini. Avevano gli occhi truccati con il *kajal*[36] e le loro forme erano abbondanti e innaturali per la loro giovane età.

Madama Rehnuma, una bella donna dagli occhi freddi, avvolta in un elaborato *achol*[37] verde chiaro, la accolse con un sorriso e la invitò, anche se il tono della sua voce era in tutto e per tutto un ordine, a seguire Dipa, una delle due ragazze sedute, nell'altra stanza dove avrebbe potuto mangiare qualcosa.

Aniza non toccò cibo. Continuava a guardare per terra e a piangere.

— Ti passerà — le aveva detto Dipa, dandosi il rossetto davanti a uno specchietto portatile. — Io ora devo andare, arrivano i clienti. Pioggia o non pioggia quelli vengono sempre.

Aniza ricordava come un sogno impalpabile quei primi momenti. Ricordava di avere preso le pastiglie che più tardi Madama Rehnuma le aveva dato. Di essere precipitata in un mondo di colori e suoni. Adagiata su una stuoia, al freddo, senza vestiti, con ghigni di estranei e mani che la accarezzavano. E di nuovo c'era stata la faccia di Madama Rehnuma sopra di lei, ancora pastiglie, Dipa che si truccava. Aveva anche riso. Forte, fino a lacerare la sua esile corazza.

Quando si era ripresa aveva mal di testa e un

---

36 Polvere nera usata come cosmetico per gli occhi.
37 Parte finale del sari che può essere avvolta intorno al corpo, o sistemata sulla testa a mo' di velo.

dolore tra le gambe mai provato prima.

I giorni seguenti aveva potuto osservare la casa, che era composta da cinque stanze di dieci metri quadri l'una, adattate, una a camera da quattro letti a castello senza finestre, una a cucina, le altre a luoghi del piacere, dove teli appesi in verticale formavano cellette, predisposte con materassi, stuoie e una bacinella d'acqua, pronte ad accogliere le ragazze e i loro clienti. La poca luce e la poca aria venivano da una porta che dava su una piccola veranda con il soffitto di cartone e lamiera con veduta sul vicolo lercio in cui la casa di Madama Rehnuma era ubicata.

Aniza fece amicizia con le altre giovani ospiti. Nel gergo venivano definite *chukri*[38], le ragazze vincolate, provenivano da famiglie povere indebitate, appartenevano a Madama Rehnuma e non erano autorizzate a uscire dal quartiere o a custodire i loro soldi. Le più grandi, quelle che avevano pagato tutti i debiti delle proprie famiglie, erano diventate lavoratrici di sesso indipendenti, si mantenevano con il proprio denaro. Rimanevano lì, nella casa, insieme ai figli, avuti da clienti occasionali, incapaci di trovare una propria strada all'esterno di Paradise City.

— Dove potrei andarmene, secondo te? — le disse una sera Dipa, dopo che Aniza le aveva chiesto, ingenuamente, se non sognava di fuggire.

---

38 Ragazza vincolata

— I miei genitori mi hanno sempre detestato e non mi rivogliono indietro. Noi tutte ci dobbiamo rassegnare al fatto che siamo delle schiave e come schiave dobbiamo morire.

Teoricamente le ragazze potevano camminare liberamente all'esterno del bordello quando lo desideravano, ma in pratica ciò accadeva raramente: le prestazioni non venivano pagate granché e le giovani avevano bisogno di molti clienti ogni giorno.

E tutte, Aniza iniziò da subito, prendevano regolarmente Oradexon, uno steroide corticosurrenale utilizzato per curare artrosi e allergie impiegato, in dosi massicce, anche dagli allevatori per gonfiare il bestiame prima di venderlo al mercato.

Come vacche, le ospiti di Madama Rehnuma si gonfiavano il corpo. Blister da dieci pasticche al prezzo di una tazza di *chai,* un metodo veloce ed economico per trasformarsi in donne formose e attirare su di sé più clienti.

Dipa era una delle più ricercate nella casa. Aniza aveva visto più volte sette-otto uomini seduti su vecchi sacchetti di cemento in attesa che il cliente precedente finisse.

— Va così da quando l'Oradexon fa effetto — le disse. — Non ho nessun rimorso. Uso lo steroide per avere il seno più grande e per aumentare di peso. E la domanda dei clienti è aumentata. Vedrai che anche a te fra qualche tempo compariranno le tette, *bon.*

Ad Aniza non interessava. Quello era il suo destino. Forse non valeva abbastanza, pensò, ed era per quello che era finita lì. Era la sorte dei figli dei drogati e delle madri incapaci di difendere la propria prole. La sorte delle poco di buono come lei.

Rimaneva sdraiata, con gli occhi chiusi, soffocata dal corpo di uomini tutti uguali, dall'alito che sapeva di aglio e dalla bava appiccicosa. Rimaneva inerme, in silenzio, cercando di concentrasi nel gioco dei sogni: "Se io fossi ricca vorrei vivere sulla spiaggia e fare il bagno, vorrei *kurta* pulite, e pavimenti ricoperti di fiori di gelsomino bianco. Se io fossi ricca...".

Pensava a Kazi, notte e giorno. Ai suoi occhi, al suo sorriso, ai giochi che avevano fatto insieme, ai regali per lei e la sua famiglia, al suo modo candido di proteggerla. Non ci era riuscito, nonostante glielo avesse promesso. Ma di questo Aniza non gliene faceva una colpa, come avrebbe potuto? Kazi era l'unica cosa bella della sua giovane vita, ma non le apparteneva più. Ogni volta che riapriva gli occhi e si specchiava in quelli degli uomini che la usavano senza nessuna pietà, si convinceva altresì che l'unico modo per non impazzire era quello di allontanare l'immagine di Kazi dalla sua testa.

Ricordi che dovevano diventare cenere.

Al più presto.

10

Ci aveva pensato per molti giorni, e alla fine si era deciso. Era uscito dalla baracca dicendo ai suoi genitori che andava a farsi un giro.

Era ormai sceso il tramonto e Kazi, oltrepassato il muro di cinta, si avventurò nella sterminata area di Paradise City. Percorse reticoli di viuzze microscopiche immerse totalmente nel buio. Si era lasciato alle spalle il mercato e il *basti* che conosceva a memoria. Qui, in questi dedali oscuri, si sentiva spiazzato: nonostante il gigantesco rione della prostituzione confinasse con il suo quartiere, difficilmente aveva avuto modi di inoltrarcisi. Non ce n'era mai stato motivo.

Una candela posata a terra da un venditore ambulante illuminò la frutta esposta, degli ananas troppo maturi, e il fondo sconnesso della strada. Il pericolo maggiore, a Paradise City, erano i larghi tombini scoperti, in fondo ai quali si intravedeva, durante il giorno, acqua trasformata in melma oleosa dove galleggiavano strati di profilattici. Col buio si rischiava di caderci dentro. Era inutile coprirli con delle grate, sarebbero state rubate e rivendute appena gli operai le avessero posizionate.

Improvvisamente Kazi si ritrovò all'interno di

un immenso mercato che non conosceva. Le bancarelle offrivano molte cose, da verdura fresca a stoffe colorate. Gruppi di persone ciondolavano attorno alla mercanzia. Si avvicinò a un ragazzo seduto su uno sgabello che vendeva *tulsi*[39]:

— Cerco la casa di Rehnuma.

Il ragazzo sogghignò:

— Sei troppo piccolo per le ragazze di Rehnuma, *bhai*.

— Tu dimmi dove la trovo.

Il venditore di basilico alzò il braccio e indicò un'uscita del mercato:

— Esci da quella parte, svolta alla prima strada a sinistra. In fondo al vicolo c'è la casa.

Kazi riprese a camminare. Piegò per la viuzza lercia che gli era stata indicata, percorse il breve tragitto e si trovò davanti una porta aperta che chiudeva il vicolo. Mise istintivamente una mano in tasca per assicurarsi che il coltello fosse al suo posto. Inspirò, espirò. Salì le scale. Lentamente.

Al primo piano si ritrovò in un ampio salone illuminato. Nitido, pulito, i muri colorati di rosso cremisi, divani di pelle consunta dove sedevano quattro ragazze, gli occhi truccati con il *kajal* e indosso delle *kamiz* leggere. Pareva non portassero altro.

Quando videro Kazi si misero a ridere. Una di loro si alzò e si mise a danzare con movimenti

---

lenti e ondulati canticchiando una canzone di
Baby Naznin:

— Ehi, *chacha*[40], non lo sai che è *haraam*[41]
venire da queste parti?

Kazi arrossì. Il penetrante profumo della ragazza gli dava le vertigini.

— Cerco... cerco...

— Sì?

— Aniza.

La ragazza sorrise:

— Oh, Aniza, quella nuova. E chi sei, il suo fidanzato?

— Dove la posso trovare?

— Tu devi essere *pagla*, bimbo.

— Non sono pazzo. Dov'è?

La ragazza incrociò le braccia davanti al petto:

— Forse non sai come funziona. È meglio che
te ne vai. Se ti vede Madama Rehnuma passerai
un brutto guaio.

Kazi cercò di trattenere le lacrime. In preda alla più totale confusione mentale estrasse il coltello:

— Dimmi dov'è se non vuoi che ti sfregi!

— Kazi...

Si voltò di scatto e non poté credere a quello
che vide.

---

40   Appellativo di rispetto
41   Vietato dalla legge islamica

11

Per lui fu un vero shock. Non sembrava nemmeno la sua Aniza. Se ne stava appoggiata allo stipite della porta. Aveva gli occhi mascherati con uno spesso strato di *kajal* e le labbra rosso fuoco. I capelli erano intrecciati dietro la nuca grazie a un'acconciatura complessa. Indossava un *sari*[42] giallo, attillato, e un *achol* rosa, trasparente.

— Aniza, tu...

—Devi andartene, Kazi. Qui è pericoloso.

— Cosa ti hanno fatto?

— Non mi hanno fatto niente, ma ora vai a casa, ti prego...

— Io sono qui per liberarti.

Alle spalle di Aniza comparve un uomo dai capelli bianchi e il viso arrossato. Guardò con faccia severa nella stanza.

— Io pago per questa qui. Cosa aspettiamo?

Kazi fece un passo verso l'uomo mostrando il coltello.

Aniza tese le mani in avanti:

— Ascoltami Kazi, va tutto bene. Devi rassegnarti. Io sono morta per te. Non venirmi più a cercare, è meglio per tutti e due. — Senza aggiun-

---

42 Indumento femminile tradizionale

gere altro si voltò e seguì l'uomo nell'altra stanza.

— Aniza... Aniza, ma dove vai?

La ragazza che si era messa a danzare prendendolo in giro lo prese per un braccio conducendolo docilmente verso l'entrata.

— È meglio così, credimi. Ora vai a casa prima che ti veda Madama Rehnuma e sappia che sei venuto a casa sua con un coltello.

E Kazi si ritrovò di nuovo in strada. In un quartiere che non conosceva. Dalle finestre echeggiavano le risate finte di decine di donne e i versi animaleschi di uomini. Aromi speziati e dolciastri davano alla testa. Venditori ambulanti urlavano verso il cielo rischiarato da una luna piena attraversata da piccole macchie nere che la rendevano meno pura.

Kazi rientrò nella baracca in piena notte. Suo padre e sua madre dormivano. Si stese sulla stuoia. Mise il coltello sotto il suo *gamcha* e cercò di non pensare, ma era impossibile. La sua migliore amica gli aveva detto che doveva considerarla morta e se n'era andata con quell'uomo... Kazi non riusciva a immaginare le nefandezze a cui Aniza era e sarebbe stata sottoposta in futuro. E si sentiva in colpa. Un peso enorme gli gravava sul cuore, perché non era riuscito a salvarla. Aveva fallito.

E adesso?

Adesso era solo. Una grande tristezza, un sentimento mai provato, gli fece accapponare la pelle.

Pianse in silenzio, fino al mattino.

La nuova vita

12

Muoversi da un punto all'altro di Dhaka più volte al giorno faceva passare ogni voglia di vita urbana, a meno che non ci si rifugiasse in qualche inopinata isola di pace, normalmente frequentata da quei pochissimi miliardari che potevano permettersi delle pause tra caffè occidentali e prati verdi. Perché in questa megalopoli asfissiante, come ben presto aveva imparato Kazi, le strade traducevano un paradosso atroce: non erano fatte per muoversi, ma per rimanere fermi. Un milione di *rickshaw* le percorreva in continuazione, una vera orda di cavallette, cui si univano i mototaxi CNG, i taxi, le macchine, i mini e i maxibus, i camion e i carretti trainati da sfiancate coppie di ponies.

Kazi, prima di andarsene dal *basti* non si era mai accorto di quanto fosse grande e labirintica quella città. Certo, si era avventurato, a volte, oltre i confini della baraccopoli, ma mai così in profondità per rendersi conto che Dhaka pareva non avere termine. Miliardi di palazzi che trituravano campagna giorno dopo giorno.

Erano ormai quattro anni che aveva abbandonato Karwan Bazar. Dopo aver detto simbolicamente addio ad Aniza, in quella casa a Paradise

City dove era stata intrappolata, si era messo a lavorare con il padre nei cantieri del nuovo distretto commerciale che stava sorgendo a ridosso del *basti*. Aveva lavorato sodo per quasi due anni, cercando e trovando, a volte, nella fatica fisica, un rimedio per non pensare alla sua più cara amica, ormai precipitata in quel girone di dissoluzione e disperazione. Poi Mushfiqur Rahim era morto improvvisamente, una mattina, nella baracca, per un colpo al cuore. Stava mangiando *roti* seduto sulla stuoia, quando si era afflosciato a terra e non si era più rialzato. Il lutto per la perdita del padre si era miscelato con quello del decesso della madre. Anche lei, in preda a una strana malattia che la faceva tossire continuamente, si spense pochi mesi dopo il marito. Kazi aveva preso le sue poche cose e si era trasferito a casa di un amico che lo aveva inserito nella sua nuova attività. Aveva conosciuto un ragazzo in cantiere, Shahir, che si era licenziato per andare a lavorare per una società di recupero crediti. Era un'occupazione al limite del legale, che coinvolgeva poveri disperati, i quali faticavano a sbarcare il lunario. A Shahir avevano dato una macchina con il compito di scorrazzare per tutta Dhaka a prendere buste contenenti denaro prestato. Se l'interessato non la consegnava Shahir poteva ricorrere alle maniere forti. Da quando Khazi lavorava con lui non era mai successo, un po' perché Shahir, con i bicipiti scolpiti e la sua ghigna criminale aveva un aspetto che metteva paura, un po' perché gli indebitati, spesso, erano associazioni religiose di beneficenza, piccoli commercianti, persone pavide, incapaci di ribellarsi a chi riconoscevano immediatamente come il più forte.

Shahir, adesso, tamburellava le dita sul volante. Di fianco a lui Kazi guardava fuori dal finestrino. I pedoni, numerosi come le formiche, si sentivano autorizzati a osare. A decine attraversavano la strada filtrando negli spiragli che rimanevano tra il muso di una macchina e il retro di un camion, sperando di non essere trafitti da tondini di ferro o da lunghissimi bambù trasportati sui *rickshaw* che nel bailamme potevano sbucare improvvisi da dietro un autobus. I semafori erano inesistenti in quel tratto e il principio che regolava tutta la circolazione era quello di riuscire a infilarsi in ogni più piccolo pertugio per guadagnare a ogni scatto di partenza anche solo qualche centimetro.

— Vuoi? — Shahir allungò a Kazi uno spinello.

— No, grazie.

— Il solito bravo ragazzo. Con questo traffico è l'unico modo per evitare di cadere in depressione. — Shahir indovinò in anticipo in quale direzione si sarebbe mossa la macchina davanti a lui, sterzò a sinistra e occupò un misero buco di terreno disponibile.

Il fiume veicolare, compatto, riprese a muoversi.

— Devi abbandonarti all'onda, *bhai*, senza nessuna aspettativa, avanzando, si fa per dire, per inerzia.

Attraversarono la città vecchia, passarono accanto al parco di Ramna, una delle poche reliquie di verde rimaste a Dhaka, e allo Sheraton Hotel, con i suoi incongrui marmi luminosi e le sue insegne dorate.

La prima destinazione era il vecchio porto sul fiume Buriganga. Enormi battelli erano in attesa di imbarcare passeggeri, e attorno pullulavano barchette minuscole da dove i pescatori vendevano enormi pesci appena tratti dall'acqua fangosa.

Shahir, sceso dalla macchina, si avvicinò a un uomo che fumava una sigaretta vicino all'entrata dell'imbarcadero. Kazi restò seduto al suo posto, concentrato a osservare un bambino seminudo che dormiva rannicchiato sul pontile che collegava la riva con il molo, nella stessa posizione che aveva un cane spelacchiato accucciato qualche metro più avanti.

Ripensò ai tanti piccoli mendicanti con cui era cresciuto. Molti non li aveva più visti dal giorno in cui le acque di New Eskaton avevano spazzato via la parte meridionale della baraccopoli. L'alluvione aveva spazzato via molte vite. La banda dei quattro era scomparsa, il padre e i fratelli di Aniza erano scomparsi, così come scomparsi erano Danny e Arnold, qualcuno diceva che avevano fatto il loro nuovo quartier generale dentro a Paradise City.

L'unico che Kazi vedeva con sempre più insistenza, quando tornava stanco morto dal cantiere, era Hassan, che con un codazzo di nuovi seguaci al seguito portava avanti campagne per la pulizia morale del quartiere, contro le droghe e contro la prostituzione. Sempre più persone andavano alla moschea, vista come unica valvola di sfogo per salvarsi da una quotidianità miserabile.

Al secondo appuntamento ci andarono in *rickshaw*, Lasciarono la macchina dalle parti del quartiere di Armanitola e fermarono un *rickshaw walla*. Attraversarono una via stretta e lunga, costellata sui due lati da negozi che vendevano di tutto. Il movimento era sussultorio e ondulatorio, poiché i *rickshaw* erano costretti a procedere in fila indiana. Superarono il museo Ahsan Manzil, sbucarono in Armenian Street e si fermarono davanti alla chiesa. Il campanile a piramide si intravedeva oltre la muraglia. Il cancello era chiuso con un grosso lucchetto.

— Dannato *chore* [43] — mormorò Shahir. — Non ci sono nemmeno campanelli... ehi, vieni ad aprirci se non vuoi che ti sfondi il cancello a calci!

— Arriva — disse Kazi.

Gli venne incontro un anziano, il custode dell'edificio, che aprì il vano e gli fece cenno di seguirlo. Entrarono in chiesa. La navata era deso-

---

43 Ladro

latamente vuota, c'era aria di vecchio e stantio. L'uomo prese una busta appoggiata a un mobiletto impolverato e la diede a Shahir:

— Contali, se vuoi.

— Mi fido, se dovessi fregarci sappiamo dove trovarti, non ti pare? — Shahir ridacchiò. — Da quanto tempo è che non esci da questo rudere, vecchio? — Senza aspettare risposta girò i tacchi e si incamminò da dove era venuto, seguito da Kazi.

Dopo la visita alla chiesa armena tornarono verso il centro della città vecchia e si recarono alla Shishu Bhavan, la casa dei bambini gestita dalle suore di Madre Teresa. Dovettero passare per un budello interminabile pieno di rivendite di stoffe, saltarono enormi pozzanghere formatesi per colpa degli scoli intasati dalla spazzatura. La suora che li accolse aveva già in mano la busta. Kazi tirò un sospiro di sollievo, detestava entrare in quel posto, con gli stanzoni pieni di piccoli storpi malati rannicchiati in dodici su letti minuscoli e di neonati urlanti sdraiati nei lettini di ferro a dondolo.

Si rigettarono nel ventre caotico della città, nel magma confuso di Dhaka.

Per tornare in ufficio, dal capo, passarono vicino all'area di Karwan Bazar. Un uomo stava tenendo un comizio religioso sul bordo della strada. Aveva occhi da indemoniato, lo ascoltavano una cinquantina di persone. Urlava a squarciagola che bisognava chiudere Paradise City, la casa del demonio.

— Guarda quell'imbecille — borbottò Shahir, passando. — Io li detesto questi fondamentalisti.

Kazi non gli disse di averlo riconosciuto. Era Hassan e senza volerlo ripensò ad Aniza.

13

L'ennesimo cliente se n'era andato.

Aniza ebbe solo il tempo di lavarsi la faccia che quello successivo era entrato.

La giornata era iniziata da poche ore ed era già il sesto che scostava la tenda.

Come tutti quelli che lo avevano preceduto rimase in contemplazione a rimirarle il grosso seno e le labbra carnose.

Aniza aveva un forte mal di testa. L'Oradexon, l'elisir della sua innaturalezza formosa, le stava logorando lentamente il fisico.

Esternamente non si vedeva. Il cliente continuava a mormorare sciocche frasi da uomo triste e solo:

— Come sei bella... lascia che appoggi la mia testa sul tuo seno... cullami... oh, come sei bella...

Triste e solo, come lei, come tutte, lì dentro.

Si sdraiò e chiuse gli occhi. Senza parlare.

L'alito del cliente puzzava di aglio.

E anche questa era una certezza.

14

Arrivarono a Kamrangirchar nel tardo pomeriggio. La nebbia era così fitta che non si vedeva nulla.

— Attento a quello — disse Kazi.

Shahir sterzò a sinistra ed evitò all'ultimo istante di speronare un *rickshaw* variopinto. Sorpassandolo Kazi vide il conducente gettar loro una maledizione.

Parcheggiarono dietro a un camion, sul marciapiede, una striscia di terra rossiccia tra l'asfalto sgretolato della strada e i negozi e gli uffici che si susseguivano per quasi un chilometro.

Entrarono dentro l'ufficio, una stanza male arredata dai muri azzurri e con due scrivanie di legno, qualche seggiola pieghevole e un poster alla parete di Naimur Rahman, idolo ed ex capitano della nazionale di cricket.

Imrul Ashraful, il loro capo, un uomo obeso sui cinquant'anni, con una lunga barba nera a coronargli il viso paffuto, stava digitando qualcosa al computer portatile. Ogni tanto portava alla bocca dei *samosa* unti che pescava da un piattino di ceramica appoggiato sul piano di lavoro.

— Tutto ok con le suore? — chiese.

— Tutto ok, non siamo nemmeno dovuti entrare in quel porcile — rispose Shahir. — Anche il vecchio della chiesa e il tipo al porto non hanno fatto storie. Queste sono le buste.

— *Jose*[44], molto bene.

Shahir si sedette su una seggiola e accese una sigaretta. Kazi rimase in piedi, inquieto. L'immagine della piccola Aniza non voleva uscirgli dalla testa. Chissà com'era, ora... no, non doveva pensarci.

— Io vado a casa — disse, e uscì all'aria aperta per cercare di schiarirsi le idee.

Kamrangirchar era un quartiere industriale, a ovest di Dhaka, legato alle esportazioni. Veniva considerata una zona franca, una sorta di micro-stato indipendente, a livello finanziario, dalle leggi territoriali nazionali. Molte imprese si erano trasferite lì per usufruire dell'esenzione delle tasse e per attrarre investimenti di imprenditori stranieri o multinazionali.

A Kamrangirchar si poteva trovare qualunque cosa: conciatori di pelle, addetti all'assemblaggio di parti meccaniche, attività tessili, fabbriche per il riciclo e lo smaltimento della plastica.

Le strade erano stipate di banchetti che vendevano di tutto, dal cibo alle bevande, dalle t-shirt contraffatte ai CD.

Kazi camminava svelto in quel bailamme di grida, odori, clacson, gas di scarico. La nebbia

---

44 Esclamazione affermativa

iniziò a diradarsi e rientrando nella sua abitazione, una minuscola stanza con una doccia comunitaria disposta dietro un angolo nel cortile, che divideva con Shahir, intravide le palme che delimitavano il corso del fiume.

Aprì la porta. Si levò le scarpe e andò ad affacciarsi all'unica finestra presente. L'acqua del Buriganga era nera, come il petrolio, e le sue sponde erano piene di rifiuti. Bambini, uomini e donne raccoglievano plastica per gettarla in pire fumanti. Coltri scure e dal lezzo nauseabondo si levavano verso il cielo.

Kamrangirchar per molti aspetti non era meglio di Karwan Bazar, ma per Kazi rappresentava l'indipendenza. Il lavoro che svolgeva per conto di Imrul Ashraful non gli piaceva, e il grosso del guadagno se lo intascava Shahir, però era, concretamente, una rottura totale con il suo passato. Non aveva più nessuno da accudire, nessuno di cui preoccuparsi, si svegliava alla mattina, girava per la città con Shahir, tornava a casa alla sera, mangiava qualcosa, dormiva. Una vita semplice.

L'odore acre della plastica bruciata gli entrò nei polmoni. Tossì e rientrò nella stanza. Andò a sdraiarsi sul suo materasso e si mise a contemplare il soffitto.

Ripensò ancora una volta ad Hassan, ai suoi occhi spiritati e se lo ricordò, molti anni prima, quando Aniza e lui l'avevano visto agire da benefattore con la banda dei quattro, nel cuore del *ba-*

sti.

Aniza... Aniza... Aniza...

No, doveva smetterla. Recitare il suo nome mentalmente non l'avrebbe salvata e non lo avrebbe, improvvisamente, trasformato in un essere coraggioso. Lui era venuto meno alla sua promessa. Quel mondo antico era crollato insieme alla sua incapacità di aiutare il prossimo.

Si alzò di nuovo, sempre più inquieto. Tornò ad affacciarsi alla finestra. Sulla sua destra un groviglio di vicoli si interrompeva direttamente dentro il fiume. Sulla sinistra un uomo, accovacciato, espletava un bisogno fisiologico in mezzo ai rifiuti.

La luce del tramonto illuminava la superficie oleosa del Buriganga, striandola di riflessi dorati che irradiavano l'altra riva dove una schiera di palafitte, costruite su canne di bambù, ostruiva la vista alla lussureggiante vegetazione di Bharalia.

Kazi era triste. Si sentiva solo. Si consolò sapendo che presto sarebbe giunto il buio, e con esso la stanchezza e, infine, il sonno.

15

Danny, seduto sul divano in pelle, aspettava che Dipa, la sua preferita, finisse con il cliente precedente. Guardava sorridendo un marmocchio di due-tre anni, il figlio di qualche prostituta più anziana, che, sdraiato sul pavimento, giocava con una bambola di gomma sporca.

Nonostante da diversi anni Arnold e lui fossero entrati prepotentemente in affari con Madama Rehnuma, garantendole costante protezione e fornendo alle sue ragazze Oradexon a prezzi vantaggiosi, non approfittava mai del proprio potere: quando Dipa lavorava, attendeva.

Arnold e uno dei loro scagnozzi erano in strada a fumare *ganja*[45] e a verificare che tutto fosse tranquillo. Negli ultimi tempi i fondamentalisti della moschea di Projapoti Guha Road avevano minacciato di bonificare Paradise City dagli effluvi di Satana e non si poteva mai sapere con quei folli. Finora alle parole non erano mai seguite dimostrazioni concrete, ma si mormorava che al-

---

45 Marijuana

cuni di loro avessero combattuto in Afghanistan, Siria e Iraq e che non avessero paura di nulla. Per ogni evenienza Arnold era armato di una pistola.

Aniza era sdraiata sulla sua stuoia. Gli occhi chiusi. Il mal di testa non le dava tregua. Il cliente, un ometto grasso e sudaticcio, si muoveva veloce sopra di lei, emettendo grugniti animali. Si trattava di un habitué, un *muri walla*[46] che spendeva quotidianamente i suoi pochi risparmi con le ragazze di Madama Rehnuma.

Aniza cercava di ignorare il tanfo del suo alito nauseabondo. Improvvisamente, però, il grugnito diventò un rantolo, e l'aroma all'aglio si trasformò in una lieve zaffata metallica. Qualcosa le gocciolava sulla guancia, e dalla consistenza non sembrava bava.

Aprì gli occhi quando sentì il peso dell'uomo interamente su di lei. In piedi nella penombra, una ragazzina magra, con le pupille dilatate, teneva in mano un lungo coltello insanguinato.

Aniza non urlò. Con una forza che non pensava di possedere si divincolò dal corpo inerme del cliente. Fece due passi a destra, recuperò il suo vestito, tirò la tenda e uscì, scalza.

Nella casa c'era un movimento costante, ma anche molto silenzio. Sconosciuti armati di machete e coltelli correvano da tutte le parti. Non un grido, un'invocazione d'aiuto.

Senza pensare spalancò la porta della veranda e si aggrappò al palo di legno piantato nella strada, in basso. Cadde a terra. Al buio, in un angolo, si infilò i vestiti. Il cuore le batteva all'impazzata.

Improvvisamente l'oscurità lasciò il posto a una luce innaturale. Fiamme altissime si levarono dalla casa di Madama Rehnuma.

Rimase nascosta, percossa da brividi freddi, senza sapere cosa fare.

16

Hassan li aveva solo accompagnati, ma non era entrato. La sua faccia era troppo nota. Se n'era rimasto all'inizio del vicolo mentre una decina dei suoi piccoli seguaci, silenziosamente, erano avanzati.

Così non aveva potuto vedere quando questi avevano tagliato la gola ai due uomini all'entrata, già completamente storditi dalla *ganja,* o il loro salire le scale, sgozzare Danny, sopraggiungere stanza dopo stanza in cerca di clienti e di meretrici.

Non aveva potuto essere spettatore del fendente allo stomaco tirato a Madama Rehnuma da uno dei suoi ragazzi più fidati, un'esile quindicenne che non si era limitata a uccidere la padrona del bordello, ma aveva assassinato, poi, cinque clienti e quattro prostitute. Una le era sfuggita, ma poco importava. In mezzo a quell'orgia di sangue e violenza la benzina era già stata versata e la purificazione stava giungendo al suo apice.

Il fuoco, sì, il fuoco Hassan poté osservarlo compiaciuto. L'incendio si propagò velocemente alle case attigue senza che nessuno potesse farci nulla. La stagione umida era lontana, la pioggia non sarebbe venuta in aiuto del diavolo.

Si allontanò a passo svelto, in mezzo a donne e uomini mezzi nudi che correvano urlando. L'isteria del male aveva perso.

17

— Mi spieghi cosa ci facciamo qui? — domandò Shahir, guardando, appoggiato alla fiancata della macchina, la distesa carbonizzata di Paradise City.

Kazi non rispose. Shahir non avrebbe capito, era il suo unico amico, ma questa era una cosa troppo complessa da spiegare.

Da quando, quella mattina, aveva visto alla TV di un bar, dove si erano fermati a bere un *chai* e a mangiare qualche *phuchka*, un servizio sul grande rogo del quartiere dei bordelli, aveva supplicato l'amico di portarlo lì, a vedere concretamente il disastro.

— *Bhai*, dobbiamo ritirare due buste a Ramna e altre tre tra Kakrail e Azimpur. Che ne dici, ci diamo una mossa?

— Vai tu, sei vuoi. Io mi arrangio a tornare a casa — disse Kazi, osservando una donna che rovistava tra macerie carbonizzate.

— Lui si arrangia, ma sentilo. Ehi, *pagla*, guarda che sono più di sei chilometri da qui a Kamrangirchar.

87

— Ti ricordi il tizio che abbiamo visto al confine di Karwan Bazar? Quello che incitava a distruggere questo posto?

— Sì, e allora?

— Io lo conosco, qualche anno fa cercava di portare i bambini di strada sulla retta via. Sai, io abitavo qui vicino.

— Kazi, lo so, ma è passato un secolo. I tuoi genitori sono morti, non hai più legami qui... allora, andiamo a lavorare?

Ma Kazi non rispose. Era incuriosito dalla donna, la giovane donna, che si era alzata dalle macerie carbonizzate della casa e avanzava verso di lui barcollando. Indossava un *sari* giallo e sopra un *achol* rosso, era sporca. La riconobbe per il lungo collo e per gli occhi, quegli occhi luminosi e liquidi come il petrolio. Per il resto tutto era cambiato in lei: il seno abbondante, gli arti torniti, le labbra carnose che sembravano dover scoppiare da un momento all'altro.

— Hai qualche *taka, bhai*...— La sua voce era calda e spenta allo stesso tempo. Teneva la mano tesa, tremante, ma guardava per terra.

— Aniza... ma non mi riconosci?

Lei alzò lo sguardo.

Era la prima volta che Kazi pensò a lei come a qualcosa di bello. Di bellissimo. Sensazioni che, ancora una volta, non riusciva a spiegarsi. La osservava dentro quegli occhi profondi e perfetti cercando di leggervi qualche risposta alla sua confusione mentale.

— Kazi... Kazi, sei tu?

— Aniza, cosa è successo?

— È bruciato tutto... sono tutti morti...

— Chi è stato?

Aniza scrollò le spalle e abbassò lo sguardo:

— Non importa. È tutto finito. — Con uno scatto gli prese le mani. — Hai qualche *taka*, per favore? Io non so dove andare...

— Aniza, io...

Lei lo guardò. Ancora quegli occhi liquidi e profondi, le labbra socchiuse. Ancora quel rimescolamento nello stomaco che Kazi non sapeva spiegarsi.

— Posso venire con te, se vuoi. Sono brava...

Kazi si sentì pervadere da una grande rabbia, le diede una spinta violenta che la fece cadere per terra:

— Ti ricordi cosa mi dissi quella volta? Che tu eri morta per me, che dovevo rassegnarmi. Adesso mi hai dato la dimostrazione che avevi ragione. Addio, Aniza, buona fortuna. — Kazi aprì la portiera della macchina. — E tu cosa fai lì impalato? Avevi fretta di andare a lavorare, no? Andiamo, via!

Shahir non disse nulla. Salì in macchina, accese il motore e partì sgommando.

Lasciarono Aniza, lì, stordita e piangente, in mezzo alle ceneri di un passato che non sarebbe tornato mai più.

18

Aniza, come un fantasma, vagava tra le case bruciate, oltrepassò il muro di cinta che un tempo delimitava Paradise City, in direzione di Karwan Bazar.

Addentrandosi tra le baracche sentì le grida dei bambini, i colpi di clacson dei mototaxi, la nenia monotona di richiamo dei venditori ambulanti. Erano molti anni che non camminava per quei vicoli. Non ricordava nemmeno dove fosse la sua abitazione. Probabilmente erano tutti morti: *baba*, sua madre, i suoi fratelli.

Si sedette, non invitata, vicino a due donne che vendevano *roti* sul marciapiede. Avevano acceso un piccolo fuoco per scaldarsi un *chai*. La legna si era bagnata e per mantenere viva la fiamma le due venditrici bruciavano la plastica che si era accumulata intorno a loro e che produceva un fumo intenso e nero che riempiva i polmoni.

Guardarono Aniza con diffidenza e non le offrirono nulla.

Non sarebbe stata in grado di stabilire per quanto tempo fosse rimasta lì. La testa le scoppiava. L'astinenza da Oradexon si stava facendo drammatica. Le tremavano le mani e batteva i denti. Non aveva fame, non aveva sete. La sua testa era un turbinio di visione cupe e dolorose. Il fugace incontro avuto con Kazi le aveva lasciato tracce negative che si mischiavano violentemente con le restanti sue terribili angosce.

Aveva preso la mano che le si allungava quasi come in un sogno. Non era più un ragazzo, ma un bell'uomo. I capelli erano stati tagliati e il *kofi* ricamato troneggiava sul suo viso aggraziato, gli occhi azzurri e le labbra rosse.

Aniza si appoggiò a lui. Ignorava dove la stesse portando. Non conosceva quei luoghi. Non conosceva quella casa pulita, a ridosso di una moschea.

All'interno una decina di ragazzini, maschi e femmine, tutti vestiti sobriamente, con abiti puliti dalle tinte chiare, erano chini davanti a un libro a mormorare in una lingua sconosciuta.

— Loro sono i miei studenti. Vivevano tutti per strada, come te. Io, a Dio piacendo, li sto salvando. — Hassan l'aveva condotta in una stanza che dava sul retro della casa. La fece sedere su una poltrona e lui si sedette di fronte a lei, su uno sgabello.

La ragazzina che Aniza aveva visto uccidere il cliente che era con lei la notte dell'incendio nella casa di Madama Rehnuma, entrò con un vassoio e due tazze di *chai*. Lo appoggiò su un tavolino e se ne andò in silenzio.

Hassan si mosse veloce ad afferrare una tazza

e la portò alla bocca rossa e delicata. Guardava Aniza con malcelata malizia, lo divertiva il suo disagio in quell'abitazione che non conosceva:

— Avanti, bevi.

— Non ho sete.

— Ti farà bene. Più tardi Sumia ti porterà a fare un bagno, ti darà vestiti puliti e poi potrai mangiare qualcosa. Questa, per ora, sarà la tua stanza.

Aniza si guardò intorno. In un angolo, vicino alla finestra, c'era una stuoia.

— Tu sei Hassan, vero?

— Sì. Ci conosciamo?

— Da bambina... mi ricordo di te, a Karwan Bazar.

— Molti mi conoscono da quelle parti — disse lui, allungandosi verso il tavolino per appoggiare la tazza vuota.

— Perché mi hai portato qui?

— Ti ho visto smarrita in quell'area del Demonio, camminavi tra le rovine. Ti ho seguita fino al *basti*. Ho pensato che necessitasti dell'aiuto di Dio.

— Io non merito l'aiuto di nessuno.

Hassan sorrise e si alzò in piedi:

— Solo Dio può giudicare. Tornerò più tardi, ora riposati.

Quando lui se ne fu andato lei andò alla finestra. Osservò la rete del retro dove sterpaglia e immondizia stratificata facevano da barriera molto più efficacemente che l'ammasso di ferraglia arrugginita che un tempo aveva avuto l'aspetto di una rete metallica di divisione.

Il muezzin della vicina moschea diede il via al tramonto e l'arancione sbiadito dall'inquinamento tinse velocemente l'orizzonte prima di crollare oltre le case.

E lei, confusa e infelice, si mise a piangere.

19

Passarono i giorni, durante i quali Kazi non poté fare a meno di rivivere l'incontro avuto con Aniza e la sua conseguente reazione all'offerta da lei fattagli.

Continuava ad andare in giro per l'immensa Dhaka con Shahir a riscuotere i pagamenti e se ne stava zitto, seduto in macchina, a guardar scorrere il traffico, o completamente assente mentre recuperavano, da qualche poveraccio, la busta con il denaro.

Shahir inizialmente cercò di tirarlo su in tutti i modi, ma davanti al completo mutismo dell'amico lasciò perdere.

Kazi si era pentito del suo comportamento. Aniza aveva bisogno di aiuto, quello che aveva passato non era facile da digerire, e lui avrebbe dovuto tirare fuori tutta la sua comprensione.

Si rese conto che aveva sempre vissuto nel senso di colpa per non averla salvata, allora, quando ancora passavano le intere giornate insieme, e che forse, quell'incontro fortuito, era stato un regalo del fato per dargli una seconda possibilità, che lui aveva sprecata.

Dove era andata, adesso, Aniza? Dove si era rifugiata?

Aveva preso l'abitudine, alla fine della giornata lavorativa, di farsi lasciare da Shahir in prossimità di Karwan Bazar. E lì, in modo capillare, faceva domande. Per la seconda volta nella sua vita si era trasformato in un investigatore dilettante. Ma non conosceva più nessuno, e nessuno si ricordava di lui. Il *basti* era profondamente cambiato. I palazzi del quartiere commerciale che sorgeva al confine della baraccopoli erano sempre più alti, molte baracche avevano sostituito il bambù con mattoni, la superficie del mercato era raddoppiata.

Si era anche spinto in quello che rimaneva di Paradise City, ma nemmeno lì, tra case salvatesi dall'incendio e una variegata umanità di meretrici, truffatori e miserabili, era riuscito a sapere nulla di Aniza. Il bordello di Madama Rehnuma era stato il più importante del piccolo quartiere, e le sue ragazze le più ricercate, però nessuno conosceva la sorte delle sopravvissute, inoltre l'immagine della nuova Aniza si confondeva, nella testa di Kazi, con l'immagine di Aniza bambina, e diventava difficile fare agli estranei una descrizione corretta di chi stesse cercando.

Fu per caso che rivide Hassan. Camminava a passo svelto in direzione della moschea di Projapoti Guha Road. L'intuito gli suggerì di seguirlo.

Da quando l'aveva visto a quella specie di manifestazione dove urlava ai passanti che Paradise City andava liberata da Satana, si era convinto che lui c'entrasse qualcosa con l'incendio. In televisione avevano detto che non erano stati trovati i responsabili dell'accaduto, e si erano susseguite immagini che ritraevano poliziotti e militari che portavano via imam e religiosi fondamentalisti per interrogarli. Nessun sospetto, nessun indiziato, come se le prostitute e i clienti della casa di Madama Rehnuma si fossero suicidati dopo aver appiccato fuoco al quartiere.

Hassan entrò in una casa di fango essiccato a ridosso della moschea. Kazi proseguì di qualche metro e si sedette al riparo di un albero che gli permetteva di osservare sia la facciata anteriore sia il cortile retrostante, dove una recinzione coperta da immondizia e sterpaglie divideva la proprietà da altre abitazioni.

Nel cortile erano seduti, in cerchio, dei ragazzini, leggevano a bassa voce qualcosa che non riusciva a decifrare. In mezzo a loro, la riconobbe all'istante, Aniza. Indossava un *achol* azzurro tenue che le copriva anche parte del capo. Rimaneva in silenzio, con lo sguardo ai suoi piedi. Non sembrava molto interessata alla lettura collettiva.

Kazi, i muscoli irrigiditi delle gambe, gli occhi inariditi, sempre più asciutti tra le palpebre spalancate, rimase immobile.

Calò il buio. L'alone delle mille luci della città

si accavallava, alle sue spalle, ai fari ingialliti di minibus, mototaxi e macchine. Nel cortile venne accesa una candela che proiettò contro la notte fantasmi scuri senza volto e senza tratti che si agitavano debolmente.

Quando rientrarono tutti, Kazi vide che Aniza non li aveva seguiti. Se n'era rimasta lì, rischiarata dal moccolo illuminato. Stava per avvicinarsi e chiamarla quando Hassan era uscito da una porta, le aveva sussurrato qualcosa e lei si era alzata e l'aveva seguito nella casa dai muri di fango.

Kazi aveva aspettato ancora un'ora, poi se n'era andato a cercare un autobus che lo riportasse a Kamrangirchar.

Prima o poi avrebbe trovato il modo per parlarle e scusarsi con lei.

20

Fango, duro, secco, compatto, dalla superficie graffiata da piccole crepe. Il suo colore cupo rendeva ancora più buio l'ambiente. Fuori il cielo era stellato e una brezza aromatica si faceva largo tra gli effluvi dell'inquinamento atmosferico, si stava bene, ma Hassan le aveva detto di rientrare e lei era abituata a ubbidire, sempre.

Aniza si era rannicchiata sulla stuoia nella speranza di addormentarsi e risvegliarsi senza aver fatto i soliti incubi. Piccoli angeli neri, bambini alati che bivaccavano, le bocche insanguinate, su cumuli di immondizia. Edifici bucherellati da dove uscivano grida lancinanti. Nel sogno lei scappava, scappava continuamente, prima in mezzo a una boscaglia brulla, poi in un luogo oscuro, nero come la pece, e improvvisamente veniva accecata da un riverbero giallo che si faceva bianco e si trasformava in una ben definita linea tremolante che si gettava in un nulla invisibile. A quel punto si ritrovava seduta, ansimante, sulla stuoia, in un bagno di sudore e con la testa che le scoppiava.

Prima con le dita tremolanti, poi con il palmo della mano aveva toccato la parete fresca. Si sentiva sola e abbandonata. Non le piaceva stare lì, non le piaceva Hassan e non le piacevano quei ragazzi che tutto il giorno leggevano brani del Corano e andavano alla vicina moschea a pregare. Sapeva che Dipa e le altre ragazze erano state assassinate da loro. Glielo aveva confermato Sumia, che lei aveva visto uccidere quel cliente. La sera stessa del suo arrivo, mentre la aiutava a lavarsi in una bacinella colma di acqua tiepida, le aveva chiesto:

— Non mi riconosci?

— ...

— Lo so che mi hai vista nella casa dove lavoravi. Io mi ricordo di te, quando eravamo piccole abitavi anche tu a Karwan Bazar, giravi sempre con quel ragazzino, chi era, tuo fratello?

— Io non mi ricordo...

— Io e i miei fratelli vivevamo in strada. Ci chiamavano la banda dei quattro.

Aniza si era stupita:

— Che fine hanno fatto i tuoi fratelli?

— Tanto tempo fa Hassan ci ha portato qui. Ci ha dato un'educazione. Ci ha salvato e ci ha condotto sulla retta via. Rayan e Rezaul, i gemelli, sono diventati dei martiri, che Dio li abbia in gloria. Hanno portato con loro diversi infedeli... Hasnat è ancora qui. Presto, a Dio piacendo, farà qualcosa di grande anche lui.

— Infedeli, martiri, non capisco...

— Capirai. Hassan vuole salvare anche te, è per questo che sei qui.

— Perché non mi hai ucciso alla casa di Madama Rehnuma?

Samia aveva sorriso:

— Perché sei stata molto veloce a scappare. E ora è troppo tardi, adesso sei entrata anche tu nella grazia di Dio. Hassan ti aiuterà.

Questi con lei era gentile. Ogni giorno trascorrevano insieme un'ora, seduti uno di fronte all'altra. Lui la guardava con cupidigia, ma non la toccava mai. Era il primo uomo adulto che conosceva che non si approfittasse di lei fisicamente. Le raccontava storie di profeti e martiri, le narrava, con voce profonda, le meraviglie del Paradiso, poi la lasciava riposare e se ne andava alla moschea a pregare.

E così Aniza era passata da una forma di schiavitù a un'altra. Pulita, rifocillata, trascorreva le sue giornate a sentire leggere le sure del Corano da quelle giovani voci che avevano ucciso quell'embrione di famiglia a cui era stata obbligata a unirsi ancora bambina, senza avere la possibilità di andarsene liberamente in strada. Era il suo destino. Questo si disse, incapace di immaginarsi una qualsiasi via di fuga.

21

Shahir parcheggiò e tamburellò le dita sul volante:

— Devo dirtelo, *bhai*: questa cosa di venire tutti i giorni qui è da folli. È per via di quella ragazza? Guarda che ce ne sono a migliaia a Dhaka. Posso presentartene qualcuna, se è questo il problema.

Kazi sorrise e mise una mano sulla spalla dell'amico:

— Non preoccuparti per me. So quello che faccio. Ci vediamo a casa. — Così dicendo Kazi scese dalla vettura e si incamminò in direzione dell'abitazione di Hassan.

Nel cortile non c'era nessuno, forse erano andati alla moschea per la preghiera dell'*al-Maghrib*[47]. Kazi si avvicinò per guardare meglio. Doveva tentare. Si voltò prima a destra e poi a sinistra, infine scavalcò il basso recinto e si diresse verso il retro della casa. E lì la vide. Era seduta per terra, appoggiata al muro di fango, scalza. Indossava l'*achol* azzurro che portava anche il giorno precedente, ma i capelli erano liberi. Cadevano sciolti e voluminosi fin sotto le spalle.

---

47 Tramonto

— Aniza...

Lei si voltò ed emise un mormorio di sorpresa.

— Sei sola?

— Kazi... tu... tu non puoi stare qui. Hassan, lui è pericoloso.

— Ti ha fatto del male?

— Nessuno mi ha mai fatto del male. Tranne me stessa — disse lei, con naturalezza. — Tirò su con il naso prima di prendere fiato e aggiungere: — Con lui ci sono anche la maggiore e il più piccolo dei fratelli che formavano la banda dei quattro, te li ricordi?

Kazi si sedette vicino a lei e le prese una mano. Era calda e morbida.

— Aniza, mi dispiace per come ti ho trattato. Io non volevo. Ho cercato di dimenticarti, e quando ti ho rivisto, ecco... io credo di non essermi mai perdonato per non essere riuscito a difenderti, allora. Te lo avevo promesso.

Lei lo guardò con i suoi occhi liquidi, la bocca socchiusa. Le lacrime presero a scenderle copiose:

— Non è stata colpa tua. Era una cosa più grande di noi. Non potevi fare nulla contro la cattiveria di mio padre. Eri solo un bambino.

Kazi la strinse tra le braccia e sentì il suo corpo scosso da tremiti.

— Te lo ricordi il gioco dei sogni?

Lei si costrinse a sorridere:

— Sei riuscito a diventare ricco e a guardare la televisione tutto il giorno?

Anche Kazi sorrise:

— No. Però il mio capo mi permette di guardarla per mezzora in ufficio una volta ogni tanto.

Aniza tornò seria:

—Noi una televisione da Madama Rehnuma l'avevamo... ho visto molte cose del mondo, ma in tanti anni non sono mai uscita da Paradise City. E adesso sono qui.

— Andiamocene insieme, io e te.

— Kazi, tu davvero non capisci, è troppo complicato.

— Cosa c'è da capire, Aniza? Noi siamo amici. Ho promesso di salvarti, ricordi? È una bugia quella della morte: tu non lo sei mai stata per me...

Aniza stava per ribattere qualcosa, quando Kazi la vide sgranare gli occhi, cercò di voltarsi e un violentissimo colpo lo percosse sul fianco. Sentì il proprio respiro mozzarsi. Un altro colpo si era abbattuto su una rotula. Kazi vedeva rosso, una nebbia che occludeva occhi e pensiero, il dolore era più forte dello sgomento. Nel ronzio denso delle orecchie sentì voci maschili urlare. Erano rabbiose. Poi altre braccia lo strattonarono e con un calcio in pieno sull'inguine venne fatto crollare per terra.

Gli occhi non si aprivano nemmeno per far sgorgare le lacrime che premevano all'interno delle palpebre. Si raggomitolò con la testa sulle ginocchia, in attesa di altri colpi che lo avrebbero ucciso.

Quando si risvegliò dal torpore febbrile che lo aveva tenuto incosciente per ore, si ritrovò sdraiato in un vicolo lercio. Grossi topi scorrazzavano dappertutto e un afrore violento pervadeva l'aria. Cumuli di rifiuti dove rovistavano bambini e uomini mezzi nudi si alzavano fino al cielo a coprire una luna piena. Ci mise un po' a capire che si trovava nella grande discarica di Karwan Bazar, vicino a dove lui e Aniza erano cresciuti. Dove tutto era cominciato.

Zoppicando camminò per ore. Si allungò, stremato, fino allo stagno di New Eskaton, dove si ripulì, parzialmente, dal sangue essiccato che gli ricopriva il viso.

Mise una mano in tasca. I ragazzi di Hassan, era sicuro fossero stati loro a pestarlo, non lo avevano derubato. Con i pochi *taka* che possedeva convinse uno *scooter walla*, che dormicchiava sdraiato sul suo mezzo, a portarlo fino a Kamrangirchar.

Si fece lasciare a una cinquantina di metri da casa. Prima di rincasare aspettò che Shahir salisse in macchina e si allontanasse. Una volta dentro si cambiò d'abito, si lavò, poi si chinò sul bauletto che teneva di fianco al materasso. Dentro c'erano un rotolo di *taka*, tutti i suoi risparmi di quattro anni di lavoro, e un coltello, un vecchio coltello che gli ricordava, ogni volta che lo prendeva in mano, del suo antico fallimento: il goffo tentativo di diventare un eroe.

Uscì, fermò l'ennesimo mototaxi e si fece trasportare al piazzale della stazione degli autobus di Satrasta. La zona era piena di alberghetti a poco prezzo e abbastanza vicina alla moschea di Projapoti Guha Road e alla casa di Hassan, dove Aniza era rinchiusa.

Prese una stanza claustrofobica e anonima al fantomatico Hotel Anondo.

Si sedette sul materasso e aspettò.

22

— Mi hai profondamente deluso. Se i ragazzi non fossero tornati in tempo chissà cosa sarebbe potuto succedere tra te e quell'uomo. Questa è una casa rispettabile, non tollero che si possano commettere atti impuri. — Hassan prese la tazza di *chai* e la portò alla bocca. — E non mi piace l'ingratitudine. Non hai imparato niente dopo tutte le letture del Sacro Corano che hai ascoltato? Dopo tutte le bellissime storie del Profeta che ti ho raccontato? Sei solo una *khor* posseduta da Satana, e forse non c'è nessuna speranza per te.

Aniza teneva lo sguardo basso. Era ancora scossa dal pestaggio a cui aveva assistito. Kazi inerme a terra e tutti quei ragazzini inferociti che lo colpivano ripetutamente. Era stata Sumia a ordinare agli altri di portarlo via e di gettarlo nella discarica, ed era stata sempre lei a chiudere Aniza nella sua stanza in attesa che Hassan tornasse a casa.

— Tu non vali tutta la fiducia che ti è stata riposta. Le altre meretrici hanno avuto la punizione che meritavano, ma a te è stata data una possibilità.

— Kazi è solo un amico...

Lo schiaffo che Hassan le rifilò la fece cadere

dallo sgabello.

— Devi stare zitta e ascoltarmi, *kukur* [48]! Quell'uomo è morto, mi hai capito? Morto. E tu ora sei sola e hai un'unica possibilità per tornare sulla retta via. So che non rifiuterai il mio aiuto, questa volta, e che non farai più errori. Ora rifletti. Presto verrà il tuo momento.

Hassan si chiuse la porta alle spalle. Aniza rimase rannicchiata per terra a piangere, ormai definitivamente sconfitta, annientata. Lui andò nell'altra stanza dove Sumia, seduta a tavola, stava ricoprendo i fili di una carica di esplosivo con del nastro adesivo nero.

— Per l'inaugurazione di quel nuovo centro commerciale a Basnhundhara abbiamo una volontaria.

— Mio fratello Hasnat è pronto per diventare un martire. E io mi fido di lui, dovresti farlo anche tu. Quella è una *pagla*, e tu lo sai.

— Verrà presto il giorno di gloria anche di Hasnat, non devi preoccuparti, ma adesso dobbiamo occuparci di quella meretrice ingrata, è ora che ripaghi la nostra ospitalità e il nostro aiuto.

— A Dio piacendo ce la farà — disse Sumia, concentrandosi sulla carica di esplosivo.

---

48 Cagna

23

Aveva passato la notte in bianco. Il rumore costante di un grosso generatore aveva accompagnato la sua veglia.

Era uscito dall'Hotel Anondo che era ancora buio e giunse alla casa mentre il muezzin chiamava i ritardatari per la preghiera del *fazr*[49].

La sua visuale era molto ristretta, un muro di cinta correva lungo il fianco della moschea. Il muro era alto quanto un piano, di pietra, rivestito sulla sommità di calce bianca, come un lungo pilastro.

Tornò indietro e si appoggiò all'albero, in attesa. Guardò attentamente la casa. Riuscì a scorgere una finestra chiusa parzialmente da una spessa tenda marrone appesa malamente. Nel cortile apparve un gatto, un grosso gatto scuro che con un agile balzo scomparve oltre la recinzione di sterpaglia e rifiuti.

La luce del mattino rimaneva livida e forse il sole non sarebbe arrivato a illuminare in pieno la

---

49 Alba

strada quando Hassan fosse rientrato.

Ma nessuno giunse dalla moschea, passarono le ore e Kazi capì di avere sbagliato i suoi calcoli. La strada a poco a poco si animò. *Rickshaw*, mototaxi e carretti trainati da ponies iniziarono a formare lunghe colonne, venditori ambulanti in cerca di un angolo di marciapiede dove piazzarsi procedevano tenendo sulla testa ceste di *roti*, di ananas o di *muri*.

Una macchina si fermò davanti alla casa di Hassan. Poco dopo la porta si aprì e Aniza, con indosso una camicetta e un paio di jeans, accompagnata da un'altra ragazza, vestita allo stesso modo, salì sui sedili posteriori. Kazi notò che sulle spalle aveva uno zainetto sportivo.

La macchina partì lentamente verso ovest e si incolonnò nel traffico.

Dalla casa uscirono gli altri ragazzini e si diressero, in gruppo, verso la moschea.

Era il momento di agire. Kazi scavalcò la recinzione, estrasse il coltello e si diresse velocemente sul retro. Trovò una porta aperta e si intrufolò nell'abitazione. L'interno era fresco, asettico, anonimo.

Hassan era seduto a tavola, stava mangiando del *tehari*[50]. Lo guardò con gli occhi azzurri dilatati, i delicati lineamenti del viso tirati:

— Cosa vuoi?

---

50 Piatto tipico bengalése a base di riso

— Sapere dove è andata Aniza. Dimmelo e non ti ucciderò.

— Tu devi essere quel *chore* che l'altro ieri è venuto qui, a casa mia, senza il mio permesso, per incontrare una donna. Pensavo fossi morto.

— E io pensavo tu fossi una brava persona. Quando ero piccolo mi ricordo che eri buono con i mendicanti e i bambini di strada. Mi sono sbagliato.

— Ne ho salvati molti.

— Dimmi dov'è andata Aniza.

— I miei ragazzi torneranno tra poco.

— E ti troveranno qui con la gola tagliata se non parli.

Hassan si pulì la bocca con un *gamcha* che teneva sul tavolo. Sospirò e fece un sorriso forzato:

— Aniza è andata incontro al suo destino. Porterà con sé molti infedeli.

Kazi si avvicinò e colpì Hassan con un forte pugno sul naso.

— Dove?

— Cosa importa? A Dio piacendo... — Hassan non poté finire la frase. Kazi fece vibrare nell'aria il coltello e lo sfregiò sulla guancia.

— Il prossimo è per la tua gola. Ti avverto.

— New Shopping Mall, a Basnhundhara. C'è l'inaugurazione oggi. — Hassan si portò una mano alla guancia e la ritrasse insanguinata. — Ma arriverai tardi. Non potrai più fare niente per quella *kukur*. È il suo destino. La sua sorte.

Kazi lo colpì di nuovo con un pugno e questa
volta l'impatto fu così violento che Hassan cadde
indietro e rimase privo di sensi sul pavimento.

Si chinò su di lui e pulì il coltello sul suo *kamiz* bianco:

— Il figlio di un cane non dovrebbe dare del
cane agli altri, *chutiya*.

Uscì dalla casa con il batticuore, eccitato, confuso.

Iniziò a correre nella direzione in cui si era al-
lontanata la macchina con a bordo Aniza.

Intercettò un mototaxi. Corse giù dal marciapiede e bloccò la strada al veicolo.

— Ehi, *bhai*, sei pazzo? Stavi per farti ammaz-
zare!

Kazi estrasse una manciata di *taka* dalla tasca
e la mise in mano allo *scooter walla*:

— Al New Shopping Mall, a Basnhundhara,
presto!

Gli era stata concessa una possibilità. E questa
volta doveva sfruttarla al meglio.

Il mototaxi sfrecciava nel traffico. Dhaka
esplodeva di colori.

Una possibilità.

Un'unica, ultima, definitiva possibilità per do-
nare un futuro migliore ad Aniza e, di conseguen-
za, a se stesso.

24

Davanti al New Shopping Mall c'erano molte persone, semplici curiosi e giornalisti. Se ne stavano assiepati nel parcheggio. Di fronte a loro, su una pedana rialzata equipaggiata con microfoni e grandi altoparlanti attendevano, per dare il benvenuto, autorità locali e uomini d'affari stranieri che avevano finanziato quel nuovo centro commerciale a più piani contenente decine di negozi di ogni tipo: grandi firme internazionali, caffetterie, ristoranti, uffici di cambio valute.

Sumia era nascosta da qualche parte nei dintorni, pronta a spingere un bottone che avrebbe portato a compimento la follia distruttrice architettata da Hassan.

Aniza, invece, era in prima fila. Teneva lo sguardo basso, assente.

Aspettava solo la fine. Il silenzio che, finalmente, le avrebbe dato la pace. Gli incubi sarebbero cessati. Non avrebbe più dovuto ubbidire a nessuno. Libera di volare per l'universo.

Quando improvvisamente si sentì chiamare da quella voce dolce pensò di avere le allucinazioni.

Si voltò.

Kazi le stava sorridendo.

25

— Aniza... — Kazi sorrideva e si avvicinava. Le toccò un braccio.

— Non sei morto...

— No. Vieni, andiamocene via, tu e io.

— Non è possibile, Kazi.

Lui gettò un'occhiata allo zaino che Aniza aveva sulle spalle:

— Sfilatelo. Puoi farlo.

— Sumia è qui intorno. Aspetta solo il momento buono. Vattene, salvati almeno tu.

Kazi le prese le mani. La guardò intensamente negli occhi:

— Io non me ne vado senza di te. Sono già scappato una volta, non lo farò ancora.

Aniza iniziò a piangere silenziosamente:

— Tu sei una persona buona... sei... sei il migliore amico del mondo, ma io non sono quella che tu pensi. È passato tanto tempo da quando stavamo sempre insieme. Sono stata con tantissimi uomini, mi sono fatta usare in tutti i modi. Ho preso pastiglie che mi hanno distrutto il fisico. L'unico risultato che ho ottenuto nella vita è di essere passata dalla condizione di prostituta a quella di assassina... perché tra poco io... ti prego, Kazi, vattene finché sei in tempo.

— Lo sai, Aniza? Io non sono mai stato con una donna...

— Tu sei puro.

— Lasciami finire. La mia vita non è stata meglio della tua. Quando *baba* e *amma*[51] sono morti io me ne sono andato da Karwan Bazar per lavorare come strozzino. Sai che lavoro è? Si vanno a riscuotere i risparmi di povere persone indebitate. Ho fatto questo per quattro anni. Non ho mai costruito nulla. Niente affetti, niente divertimenti. Nel mio cuore sapevo che ti avrei ritrovata e che insieme saremmo finalmente riusciti a fare qualcosa di grande, di bello...

Aniza allungò una mano e accarezzò il viso di Kazi:

— Se io fossi ricca vorrei stare con te per sentirmi protetta.

— Se io fossi ricco vorrei stare con te per poterti guardare negli occhi notte e giorno.

— Se io fossi ricca vorrei stare con te per sentirmi amata.

— Se io fossi ricco vorrei stare con te per amarti, e sentirmi amato.

Kazi e Aniza si diedero un bacio, dolce, delicato, incuranti delle persone che stavano intorno.

---

51 Madre

Improvvisamente si levò un applauso. Sulla pedana un uomo di mezza età in giacca e cravatta, nonostante il caldo, dai tratti occidentali, stava per prendere la parola.

— Vattene Kazi — disse Aniza.

— Io ti amo, Aniza. E qualsiasi cosa accada, io starò qui, con te.

Si abbracciarono forte, in attesa.

L'uomo in giacca e cravatta esordì salutando la folla e le macchine fotografiche dei giornalisti presero a scattare.

GLOSSARIO

Al-Maghrib: tramonto.
Abba: padre.
Amma: mamma.
Achol: parte finale del *sari* che può essere avvolta intorno al corpo, o sistemata sulla testa a mo' di velo.
Baba: papà.
Basti: baraccopoli.
Betel: nome di una pianta rampicante di India e Malesia.
Bhai: fratello.
Bhithu: fifone.
Bidi: sigaretta indiana aromatica.
Bon: sorella.
Carrom: gioco tipico dell'India e del Bangladesh chiamato anche biliardo con le dita.
Chuchu: appellativo di rispetto.
Chai: tè.
Chore: ladro.
Chot-putti: pietanza a base di ceci e salsa di tamarindo.
Chukri: ragazza vincolata.
Chutiya: stupido.
Dhol: tamburo.
Dothi: abito tradizionale maschile.
Fazr: alba.
Gamcha: pezza di cotone.
Ganja: marijuana.
Haraam: vietato dalla legge islamica.
Jose: esclamazione affermativa.
Kajal: polvere nera usata come cosmetico per gli occhi.

Kamiz: casacca.

Keru: liquore economico.

Khala: zia.

Khodafez: arrivederci.

Khor: drogato.

Kofi: copricapo islamico.

Kukur: cagna.

Kurta: tunica.

Lungi: sorta di pareo lungo fino ai piedi.

Muri: cibo venduto per strada a base di riso soffiato.

Muri walla: venditore di *muri*.

Paan: foglia di *betel* arrotolata intorno a una mistura di calce, noce di areca, spezie e tabacco. Produce ebrezza e secrezione salivare.

Pagla: pazzo.

Phuchka: pallina di pasta fritta riempita con brodo di tamarindo e curry di ceci.

Puriah: involucro di stagnola in cui viene riposta l'eroina.

Rickshaw: risciò.

Rickshaw walla: guidatore di risciò.

Roti: focaccia di farina integrale.

Samosa: fagotto fritto di pasta ripieno di verdure speziate o carne.

Sari: indumento femminile tradizionale.

Scooter walla: guidatore di mototaxi.

Taka: valuta ufficiale del Bangladesh.

Tehari: piatto tipico bengalése a base di riso.

Tulsi: basilico indiano.

Yaba: metanfetamina.